MW00711801

Co
eorgism
Am
ratura do Minarete
Crônicas urupê
eias de Jeca Tatu
Mr. Slang
Problema V
as notas
Zé Brasil Crônicas
rererê: Resultado de um i
Carta
de

Monteiro LOBATO

M
erro
O Presidente Ne
Opiniões
Na Antevésp
Fragmentos
oto Secreto
Prefácios
Jeca Tatu
A Barca de Gleyre
acaco que se fez Homem
imposto únic
NEGRINHA
ntrevistas Cartas Escolhi
Cartas de Amor
o do Petróleo

Monteiro

LOBATO

O PRESIDENTE NEGRO

EDITORA GLOBO

© Editora Globo, 2008
© Monteiro Lobato
sob licença da Monteiro Lobato Licenciamentos, 2007

Todos os direitos reservados.

Nenhuma parte desta obra pode ser apropriada e estocada em sistema de banco de dados ou processo similar, em qualquer forma ou meio, seja eletrônico, de fotocópia, gravação etc. sem a permissão dos detentores dos *copyrights*.

Gerente editorial: Maria Cecília Bassarani
Edição: Camila Saraiva e Luciane Ortiz de Castro
Assistente editorial: Lucas de Sena Lima
Edição de arte: Adriana Bertolla Silveira
Diagramação: Fernando Kataoka e Gisele Baptista de Oliveira

Consultoria e pesquisa: Marcia Camargos e Vladimir Sacchetta
Preparação de texto: Página Ímpar
Revisão: Margô Negro e Márcio Guimarães de Araújo
Produção editorial: 2 Estúdio Gráfico
Direção de arte: Adriana Lins e Guto Lins / Manifesto Design
Projeto gráfico: Manifesto Design
Designer assistente: Nando Arruda
Editoração eletrônica: Susan Johnson

Créditos das imagens: Acervo Cia. da Memória (página 12 e 17); Arquivo Família Monteiro Lobato (páginas 8, 14 e 15)

Texto fixado conforme as regras do Acordo Ortográfico da Língua Portuguesa (Decreto Legislativo nº 54, de 1995).

Dados Internacionais de Catalogação na Publicação (CIP)
(Câmara Brasileira do Livro, SP, Brasil)

Lobato, Monteiro, 1882-1948.
O presidente negro / Monteiro Lobato. –
2. ed. – São Paulo : Globo, 2009.

Bibliografia.
ISBN 978-85-250-4690-1

1. Romance brasileiro I. Título.

09-05087 CDD-869.93

Índices para catálogo sistemático:
1. Romances : Literatura brasileira 869.93

1ª edição, 2008
2ª edição, 2009 - 2ª reimpressão, 2012

Editora Globo S.A.
Av. Jaguaré, 1.485 – Jaguaré
São Paulo – SP – 05346-902 – Brasil
www.globolivros.com.br

SUMÁRIO

Monteiro Lobato

Monteiro Lobato por J.U. Campos

Homem *de múltiplas facetas, José Bento Monteiro Lobato passou a vida engajado em campanhas para colocar o país no caminho da modernidade. Nascido em Taubaté, interior paulista, no ano de 1882, celebrizou-se como o criador do Sítio do Picapau Amarelo, mas sua atuação extrapola o universo da literatura infantojuvenil, gênero em que foi pioneiro.*

Apesar da sua inclinação para as artes plásticas, cursou a Faculdade do Largo São Francisco, em São Paulo, por imposição do avô, o Visconde de Tremembé, mas seguiu carreira por pouco tempo. Logo trocaria o Direito pelo mundo das letras, sem deixar de lado a pintura nem a fotografia, outra de suas paixões.

Colaborador da imprensa paulista e carioca, Lobato não demoraria a suscitar polêmica com o artigo "Velha praga", publicado em 1914 em O Estado de S. Paulo. Um protesto contra as queimadas no Vale do Paraíba, o texto seria seguido de "Urupês", no mesmo jornal, título dado também ao livro que, trazendo o Jeca Tatu, seu personagem símbolo, esgotou 30 mil exemplares entre 1918 e 1925. Seria, porém, na Revista do Brasil, adquirida em 1918, que ele lançaria as bases da indústria editorial no país. Aliando qualidade gráfica a uma agressiva rede de distribuição, com vendedores autônomos e consignatários, ele revoluciona o mercado livreiro. E não para por aí. Lança, em 1920, A menina do narizinho arrebitado, a primeira da série de histórias que formariam gerações sucessivas de leitores. A infância ganha um sabor tropical, temperado com pitadas de folclore, cultura popular e, principalmente, muita fantasia.

Em 1926, meses antes de partir para uma estada como adido comercial junto ao consulado brasileiro em Nova York, Lobato escreve O presidente negro. Neste seu único romance prevê, através das lentes do "porviroscópio", um futuro interligado pela rede de computadores.

De regresso dos Estados Unidos após a Revolução de 30, investe no ferro e no petróleo. Funda empresas de prospecção, mas contraria poderosos interesses multinacionais que culminam na sua prisão, em 1941. Indultado por Vargas, continuou perseguido pela ditadura do Estado Novo, que mandou apreender e queimar seus livros infantis.

Depois de um período residindo em Buenos Aires, onde chegou a fundar duas editoras, Monteiro Lobato morreu em 4 de julho de 1948, na cidade de São Paulo, aos 66 anos de idade. Deixou, como legado, o exemplo de independência intelectual e criatividade na obra que continua presente no imaginário de crianças, jovens e adultos.

OBRA ADULTA*

CONTOS

- URUPÊS
- CIDADES MORTAS
- NEGRINHA
- O MACACO QUE SE FEZ HOMEM

ROMANCE

- O PRESIDENTE NEGRO

JORNALISMO E CRÍTICA

- O SACI-PERERÊ: RESULTADO DE UM INQUÉRITO
- IDEIAS DE JECA TATU
- A ONDA VERDE
- MISTER SLANG E O BRASIL
- NA ANTEVÉSPERA
- CRÍTICAS E OUTRAS NOTAS

ESCRITOS DA JUVENTUDE

- LITERATURA DO MINARETE
- MUNDO DA LUA

CRUZADAS E CAMPANHAS

- PROBLEMA VITAL, JECA TATU E OUTROS TEXTOS
- FERRO E O VOTO SECRETO
- O ESCÂNDALO DO PETRÓLEO E GEORGISMO E COMUNISMO

ESPARSOS

- FRAGMENTOS, OPINIÕES E MISCELÂNEA
- PREFÁCIOS E ENTREVISTAS
- CONFERÊNCIAS, ARTIGOS E CRÔNICAS

IMPRESSÕES DE VIAGEM

- AMÉRICA

CORRESPONDÊNCIA

- A BARCA DE GLEYRE
- CARTAS ESCOLHIDAS
- CARTAS DE AMOR

* *Plano de obra da edição de 2007. A edição dos livros* Literatura do Minarete, Conferências, artigos e crônicas *e* Cartas escolhidas *teve como base a primeira edição, de 1959.* Críticas e outras notas, *a primeira edição, de 1965, e* Cartas de amor, *a primeira edição, de 1969.* A barca de Gleyre *teve como base a primeira edição de 1944 da Companhia Editora Nacional, a primeira, a segunda e a 11ª edições dos anos de 1946, 1948 e 1964, respectivamente, da Editora Brasiliense. Os demais títulos tiveram como base as* Obras completas de Monteiro Lobato *da Editora Brasiliense, de 1945/46.*

Um fabulista visionário

O choque, 1ª *edição*, 1926

Imaginação, humor e uma incrível capacidade de antever o futuro estão presentes neste livro lançado em 1926 como *O choque*. Convertido em *O presidente negro* duas décadas mais tarde, é narrado por Ayrton Lobo, personagem cujo maior desejo resume-se à compra de um carro. *"Sonhei, portanto, mudar de casta e por minha vez levar os pedestres a abrirem-me alas, sob a pena de esmagamento. (...) Foi, pois, com o maior enlevo d'alma que entrei certa manhã numa agência e comprei a máquina que me mudaria a situação social. Um Ford."* Humilde funcionário da firma Sá, Pato & Cia., o protagonista acaba se envolvendo na mais fantástica das aventuras ao ser levado pelo acaso ao castelo do professor Benson, que mantém, junto com a filha Jane, um misterioso laboratório.

Ficção científica inspirada em H. G. Wells, autor que seria traduzido por Lobato, saiu na forma de folhetim por três semanas no jornal carioca *A Manhã*, de setembro a outubro de 1926. Único romance do escritor, feito com ingredientes de gosto popular em suspenses equilibrados, anticlímax e pontuações sentimentais em que não falta nem o irresistível beijo cinematográfico, antecipa tecnologias que se tornariam corriqueiras no nosso cotidiano como a internet: "*O radiotransporte tornará inútil o corre-corre atual. Em vez de ir todos os dias o empregado para o escritório e voltar pendurado num bonde que desliza sobre barulhentas rodas de aço, fará ele seu serviço em casa e o radiará para o escritório. Em suma: trabalhar-se-á a distância*".

Os Estados Unidos, que Lobato ainda não conhecia, mas cujo desenvolvimento admirava de longe, são o núcleo do texto.

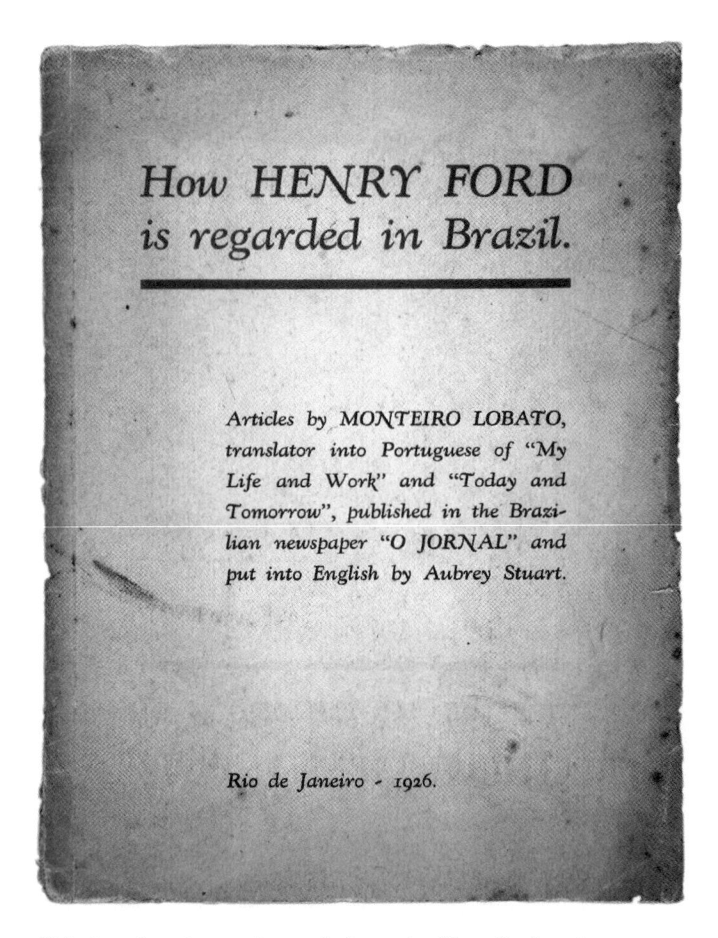
How HENRY FORD is regarded in Brazil.

Articles by MONTEIRO LOBATO, translator into Portuguese of "My Life and Work" and "Today and Tomorrow", published in the Brazilian newspaper "O JORNAL" and put into English by Aubrey Stuart.

Rio de Janeiro - 1926.

Coletânea de artigos escritos por Lobato sobre Henry Ford, 1926

O romance prevê o declínio da influência da Europa, ainda preponderante em 1926, e a ascensão da América do Norte à posição de potência mais poderosa do planeta. Fazendo de Miss Jane, a principal figura feminina, seu *alter ego* como uma Emília crescida, o escritor expressa opiniões e fantasias mirabolantes sobre o país onde assumiria o cargo de adido comercial ao consulado de Nova York entre 1927 e 1930.

Pelas lentes do "porviroscópio", um aparelho inventado por Benson, o futuro pode ser desvendado até o ano de 3527. No delírio de Lobato, o feminismo ganha contornos audaciosos pelas teorias de Miss Elvin, autora da obra *Simbiose desmascarada*.

Para ela, as "mamíferas rebeldes" foram raptadas a uma outra espécie, não sendo, portanto, as fêmeas naturais do *Homo sapiens*. Nestas páginas Lobato também mostra um mundo no qual a mídia impressa desapareceu e as notícias surgem instantaneamente em caracteres luminosos nos murais das casas. Embora os ministérios da Guerra tenham sido substituídos pelo da Paz, os EUA encontram-se à beira do seu maior confronto político. Corre o ano de 2228 e o pleito para eleger o 88º presidente divide a população.

A partir deste ponto, emerge um Lobato provocativo que rema na contramão do politicamente correto. Conforme sua Miss Jane, se as nações tropicais enfraqueceram-se pela miscigenação, os Estados Unidos fortaleceram-se praticando uma espécie de *apartheid* consensual. "*Esse orgulho impediu que uma raça desnaturasse, descristalizasse a outra, e conservou ambas em estado de relativa pureza. Esse orgulho foi o criador do mais belo fenômeno da eclosão étnica que vi em meus cortes do futuro.*"

Monteiro Lobato, c. 1926

Para arrepio dos críticos de plantão, aí reverberam as teses eugenistas que defendem uma seleção nas coletividades humanas tendo como base leis genéticas. Controvertidas, estas teorias de purificação étnica foram difundidas entre a intelectualidade brasileira por Renato Kehl, que trocou cartas com Lobato de 1918 até 1946 e cujo livro *Problema vital*, lançado em 1919 pela Sociedade Eugênica de São Paulo, ele prefaciou. Ora, se por um lado tal enfoque induz a enxergar traços de racismo no criador do Sítio do Picapau Amarelo, tema que inflama as discussões entre os estudiosos da sua vida e obra, por outro ele aponta para as profundas contradições da sociedade norte-americana do período, distante da democracia racial conquistada a duras penas após uma longa luta pelos direitos civis.

Neste embate de caráter polêmico, a "eficiência" resolveria todos os problemas materiais da humanidade ao passo que a eugenia traria a solução para as questões morais. E aqui de novo Lobato surpreende, na medida em que mostra o conflito sob a perspectiva do próprio negro de um modo que só tem paralelo em *Negrinha*. Prestes a dar o apoio a um dos candidatos brancos, Jim Roy, que adquire estatura de herói, faz uma viagem introspectiva relembrando as humilhações e a degradação sofrida por sua raça: "*Viu, muito longe, esfumado pela bruma dos séculos, o humilde* kraal *africano visado pelo feroz negreiro branco, que em frágeis brigues vinha por cima das ondas qual espuma venenosa do oceano. Viu o assalto, a chacina dos moradores nus, o sangue a correr, o incêndio a engolir as palhoças*". E recordou o interminável suplício da travessia. A fome, a sede, a doença e a escuridão. Por cima do convés do navio tumbeiro, rumores de vozes. "*Branco queria dizer uma coisa só: crueldade fria...*"

Segundo ele, se as iniciativas de Abraham Lincoln fizeram as algemas caírem dos pulsos, o estigma ficou. "*O sócio branco negava ao sócio negro a participação nos lucros morais na obra comum. Negava a igualdade, negava a fraternidade, embora a lei, que paira acima do sangue, consagrasse a equiparação dos dois sócios.*" A trama cresce quando Jim Roy resolve sair candidato à Casa Branca. Suas chances de vitória levam os antigos inimigos a se articularem em um complô maquiavélico.

Capa da edição argentina traduzida por Benjamin de Garay, 1935

Recorrendo a uma manobra "científico-ideológica" exemplar, eles se unem para enfrentar a ameaça negra com uma solução de consequências assustadoras.

Mais do que um hino em prol da pureza racial, este romance constrói uma metáfora sobre segregação e aculturação. Ao longo do enredo vemos como a comunidade negra é impelida a assumir valores étnicos dos brancos. Em detrimento da sua ascendência africana, consideráveis parcelas de filhos e netos dos ex-escravos submetem-se por vontade própria a um radical processo de despigmentação, tornando-se "horrivelmente" esbranquiçadas. Combatente visceral da imitação dos hábitos e costumes alheios, Lobato defendia a tese de que ignorar as raízes significa converter-se em cópia malsucedida. A despigmentação os descaracterizava como povo, retirando deles um dos seus principais elementos de identidade. Com a autoestima diminuída na pele artificialmente clareada e nos cabelos alisados, o negro reproduz o modelo do branco. Ao abrir mão das suas características físicas, adotando uma feição que não é a sua, ele se converte em elo fragilizado e vulnerável de uma corrente corroída na sua essência.

Para além de uma fábula futurista, *O presidente negro* vem reafirmar o talento visionário de Monteiro Lobato. Ainda que permeada dos valores da década de 1920, volta às livrarias no ano em que uma mulher branca e um negro concorrem à indicação do Partido Democrata para uma vaga nas eleições presidenciais nos Estados Unidos.

Marcia Camargos e Vladimir Sacchetta

O PRESIDENTE NEGRO

CAPÍTULO I

O desastre

Achava-me um dia diante dos guichês do London Bank à espera de que o pagador gritasse a minha chapa, quando vi a cochilar num banco ao fundo certo corretor de negócios meu conhecido. Fui-me a ele, alegre da oportunidade de iludir o fastio da espera com uns dedos de prosa amiga.

– Esperando sua horinha, hein? – disse-lhe com um tapa amigável no ombro, enquanto me sentava ao seu lado.

– É verdade. Espero pacientemente que me cantem o número, e enquanto espero filosofo sobre os males que traz à vida a desonestidade dos homens.

– ?

– Sim, porque se não fosse a desonestidade dos homens tudo se simplificaria grandemente. Esta demora no pagamento do mais simples cheque, donde provém? Da necessidade de controle em vista dos artifícios da desonestidade. Fossem todos os homens sérios, não houvesse hipótese de falsificações ou abusos, e o recebimento de um dinheiro far-se-ia instantâneo. Ponho-me às vezes a imaginar como seriam as coisas cá na terra se um sábio eugenismo desse combate à desonestidade por meio da completa eliminação dos desonestos. Que paraíso!

– Tem razão – concordei eu, com os olhos parados de quem pela primeira vez reflete numa ideia. – A vida é complicada, existem leis, polícia, embaraços de toda espécie, burocracia e mil peias, tudo porque a desonestidade nas relações humanas constitui, como dizes, um elemento constante. Mas é mal sem remédio...

E por aí fomos, no filosofar vadio de quem não possui coisa melhor a fazer e apenas procura matar o tempo. Passamos depois a analisar vários tipos ali presentes, ou que entravam e saíam, na azáfama peculiar aos negócios bancários. O meu amigo, frequentador que era de bancos, conhecia muitos deles e foi-me enumerando particularidades curiosas relativas a cada qual. Nisto entrou um velho de aparência distinta, já um tanto dobrado pelos anos.

– E aquele velho que ali vem? – perguntei.

– Oh! Aquele é um caso sério. O professor Benson, nunca ouviu falar?

– Benson... Esse nome me é desconhecido.

– Pois o professor Benson é um homem misterioso que passa a vida no fundo dos laboratórios, talvez à procura da pedra filosofal. Sábio em ciências naturais e sábio ainda em finanças, coisa ao meu ver muito mais importante. E tão sábio que jamais perde. Dou-me com esses rapazes todos que trabalham nas seções de câmbio e por eles sei deste homem coisas impressionantes. Benson joga no câmbio, mas com tal segurança que não perde.

– Sorte!

– Não é bem sorte. A sorte caracteriza-se por um afluxo de paradas felizes, por uma média mais alta de lucro do que de perda. Mas Benson não perde nunca.

– Será possível?

– É mais que possível, é fato. Deve possuir hoje enorme fortuna. Mora em um complicado castelo lá dos lados de Friburgo, mas não cultiva relações sociais. Não tem amigos, ninguém ainda viu o interior do casarão onde vive em companhia de uma filha, servido por criados mudos, ao que dizem. Você sabe que depois da guerra o mundo inteiro jogou no marco alemão.

– Sei, sim, e fui uma das vítimas...

– Pois o mundo inteiro perdeu, menos ele.

– Absurdo! Só se fabricavam marcos para vender.

– Ao contrário, comprava e revendia marcos já feitos. O marco, talvez você se lembre, teve em certo período uma oscilação de alta. Renasceram as esperanças dos jogadores e o movimento de compras foi enorme. Benson vendeu nessa ocasião. Logo em seguida começou o marco a desandar até zero e para nunca mais se erguer.

– Vendeu no momento exato, como quem *sabe* qual o momento exato de vender...

– Isso mesmo. Com o franco fez coisa idêntica. Comprou exatamente nos dias de maior baixa e vendeu exatamente nos dias de maior alta. Tem ganho o que quer ganhar, o raio do homenzinho...

– E para que necessita de tanto dinheiro?

– Ignoro. Não leva a vida comum dos nossos ricaços, não dá festas, não consta que seja explorado por mulheres. É positivamente misterioso o professor Benson – um verdadeiro mágico que vê através do futuro.

Ri-me da expressão do meu amigo e qual filósofo barato murmurei com superioridade:

– Como pode ver através do que não existe? O futuro não existe...

O corretor respondeu-me com uma frase que naquele momento não compreendi:

– Não existe, sim, mas vai existir *necessariamente*; 2 + 2 é o presente, a soma 4 é o futuro. Um futuro previsível...

– "Vinte e dois!" – gritou uma voz da pagadoria.

Era o meu número.

– 2 + 2 também podem ser 22 – gracejei eu, despedindo-me do filósofo. – Adeus, meu caro. Na próxima oportunidade você continuará com a demonstração.

Recebi o dinheiro e saí para o torvelinho das ruas, onde breve se me apagou do cérebro a impressão do professor Benson e das palavras do meu amigo.

Mas dá a vida misteriosas voltas e um belo dia, ao despertar de um sono letárgico, quem vi eu diante dos meus olhos, qual um espectro? O professor Benson!...

Não antecipemos, porém; e antes de mais nada permitam-me que fale um bocado da minha pessoa.

Era eu um pobre-diabo para toda gente, exceto para mim mesmo. Para mim tinha-me na conta de centro do universo.

"*Penso e sou*", dizia comigo, repetindo certo filósofo francês. Tudo gira em redor do meu ser. No dia em que eu deixar de pensar, o mundo acaba-se. Mas isto parece que não tinha grande originalidadc, pois todos os mcus conhccidos sc julgavam da mesma forma.

Eu vivia do meu trabalho, recebendo dele, não o produto, mas uma pequena quota, o necessário para pagar o quarto onde morava, a pensão onde comia e a roupa que vestia. Quem propriamente se gozava do meu trabalho era a dupla Sá, Pato & Cia., gordos e sólidos negociantes que me enterneciam a alma nas épocas de balanço ao concederem-me a pequena gratificação constituidora do meu lucro. Com eles trabalhei vários anos, conseguindo reunir o modesto pecúlio que transformei em marcos e, com grande dor d'alma, vi se reduzirem a zero absoluto, apesar da teoria de que tudo é relativo...

Continuei no trabalho por mais quatro anos, daí por diante já curado de jogatinas e megalomanias.

Mas todos nós possuímos um ideal na vida. Meu amigo corretor sonha dirigir a carteira cambial de um banco. Aquele pobre que ali passa, tocando o realejo que herdou do pai e ao qual faltam três notas, sonha com um realejo novo em que não falte nota nenhuma. Eu sonhava... com um automóvel. Meu Deus! As noites que passei pensando nisso, vendo-me no volante, de olhar firme para a frente, fazendo, a berros de Klaxon, disparar do meu caminho os pobres e assustadiços pedestres! Como tal sonho me enchia a imaginação!

Meu serviço na casa era todo de rua, recebimentos, pagamentos, comissões de toda espécie. De modo que posso dizer que morava na rua, e o mundo para mim não passava de uma rua a dar uma porção de voltas em torno da Terra. Ora, na rua eu via a humanidade dividida em duas castas, *pedestres* e *rodantes*, como batizei aos homens comuns e aos que circulavam sobre quatro pneus. O pedestre, casta em que nasci e em que vivi até os 26 anos, era um ser inquieto, de pouco rendimento, forçado a gastar a sola das botinas, a suar em bicas nos dias quentes, a molhar-se nos dias de chuva e a operar prodígios para não ser amarrotado pelo orgulhoso e impassível rodante, o homem superior que não anda, mas desliza veloz. Quantas vezes não parei nas calçadas para gozar o espetáculo do formigamento dos meus irmãos pedestres, a abrirem alas inquietas a Cadillac arrogante que por eles se metia, a reluzir esmaltes e metais! O ronco de porco do Klaxon parecia-me dizer: – "Arreda, canalha!"

Sonhei, portanto, mudar de casta e por minha vez levar os pedestres a abrirem-me alas, sob pena de esmagamento. E o novo pecúlio, com tanto esforço acumulado depois do desastre germânico, não visava outra coisa. Foi, pois, com o maior enlevo d'alma que entrei certa manhã numa agência e comprei a máquina que me mudaria a situação social. Um Ford.

Os efeitos dessa compra foram decisivos na minha vida. Ao verem-me chegar ao escritório fonfonando, os patrões abriram as maiores bocas que ainda lhes vi e vacilaram entre porem-me no olho da rua ou dobrarem-me o ordenado. Por fim dobraram-me o ordenado, quando demonstrei o quanto lhes aumentaria o renome da firma o terem um auxiliar possuidor de automóvel próprio. E tudo correria pelo melhor, no melhor dos mundos possíveis, se eu me não excedesse na fúria de fordizar a todo o transe com o fito de embasbacar pedestres. A paixão da carreira grelara em mim e, depois de um mês, já não contente com a velocidade desenvolvida por aquele carro, pus-me a sonhar a aquisição de outro, que chispasse cem quilômetros por hora. O aumento de ordenado permitiu-me várias excursões de maluco, nas quais me embriagava aos domingos na delícia de devorar quilômetros. Paguei diversas multas, matei meia dúzia de cães e cheguei a atropelar um pobre surdo que não atendera ao meu insolente "Arreda!".

Tornou-se-me o pedestre uma criatura odiosa, embaraçadora do meu direito à rapidez e à linha reta. Pensei até em representar ao governo, sugerindo uma lei que proibisse a semelhantes trambolhos semoventes o trânsito pelas vias asfaltadas. Adquiri, em suma, a mentalidade dos rodantes, passando a desprezar o pedestre como coisa vil e de somenos importância na vida.

Por essa época um dos meus patrões encarregou-me de liquidar pessoalmente certo negócio com um freguês morador perto de Friburgo.

Muito fácil me seria lá ir de trem, mas um rodante da minha marca sorria dos trens. Fui no meu auto, apesar das ruins informações que me deram do caminho. Meti boa reserva de gasolina e atirei-me qual um doido por estradas de tropa em que, suponho, nenhum automóvel ainda se arriscara a passar. Numerosos contratempos sofri nessa minha "viagem de Damasco", mas mesmo assim tudo acabaria sem novidade se a estrada infame não desembocasse de improviso numa ótima, recém-feita e tão bem conservada como a melhor das pistas de corrida. Mal me vi naquele sétimo céu de macadame, dei toda a força à máquina e desforrei-me da lentidão de até ali com uma chispada a sessenta por hora, o máximo que o meu fordinho permitia.

A região que eu atravessava era de maravilhosa beleza. Serras azuis ao longe, quais muralhas de safira a sopesarem um céu de cobalto. Dia de limpidez absoluta. Paisagem das que vibram de nitidez. Desafeito aos formosos quadros da natureza, distraí-me com a novidade do espetáculo e... *catrapus!*

Dormi um longo sono. Quando acordei achava-me num quarto desconhecido, tendo na minha frente... o velho jogador de câmbio que eu vira no banco – o professor Benson!

Grande foi a minha surpresa, e ainda maior seria se uma forte dor no meu braço direito me permitisse pensar em alguma coisa além da lesão sofrida nesse apêndice do eixo central do universo.

– Onde estou? – murmurei, olhando muito espantado para o professor Benson.

– Em minha casa – respondeu ele. – Um dos meus homens o encontrou sem sentidos no fundo de um despenhadeiro, ao lado de um Ford em pandarecos.

– O meu Ford em pandarecos! Desgraçado que sou... – gemi.

A dor do braço ofendido era grande, mas a minha dor moral muito maior. Creio até que entre perder o carro e perder um braço eu não vacilaria na escolha. Custara-me tanto consegui-lo... E, além do mais, dada a psicologia dos meus patrões, o certo era reduzirem-me o ordenado, já que eu voltaria a servi-los a pé como outrora...

Tão negra notícia me sombreou de crepes a alma. Não podia conformar-me com o desastre. Delirei. Soube mais tarde, pelo professor, que nesse delírio uma obsessão única transparecia: o desespero ante o meu retorno à miserável casta dos pedestres...

Mas tudo passa. A dor do braço foi se atenuando e a dor moral acompanhou-a nesse amortecimento, de modo que pude erguer-me da cama ao cabo de quinze ou vinte dias.

Vi então desenhar-se na minha frente um problema terrível. Davam-me alta em breve e, não havendo mais razão para permanecer naquela casa estranha, forçoso me seria regressar à cidade. E teria de me apresentar diante dos senhores Sá, Pato & Cia. a pé, murcho, resignado às suas pilhérias e à lógica redução de salário. Revoltado, deliberei mudar de vida. Quando na manhã seguinte o professor Benson me apareceu no quarto, abri-me com ele.

– Professor, não sei como agradecer o bem que me fez!...

– Fiz o meu dever apenas – declarou com simplicidade o velho.

– Salvou-me a vida, professor. Não fosse a sua preciosa assistência e o provável era estar eu agora esvoaçando pelo outro mundo, como froco de paina psíquica. Minha gratidão é imensa. Mas seria infinita se o professor me ajudasse a resolver o problema muito sério que vejo armar-se diante de mim.

– Diga qual é. Já resolvi diversos tidos como insolúveis e ser-me-ia grato resolver mais um...

Animado pela bonomia do velho, abri meu coração. Contei-lhe a mediocridade da minha vida, os meus esforços para juntar o pecúlio empatado no automóvel, a transformação que as quatro rodas me operaram na mentalidade e o horror com que via agora o forçado regresso ao pedestrianismo.

– O professor é opulento e pelo que vejo possui uma grande e linda propriedade. Precisará, portanto, de homens que trabalhem nela. Eu não queria sair daqui. Arranje-me uma ocupação qualquer, seja lá qual for. Tenho algumas aptidões e, como a boa vontade é grande, para isto ou aquilo sempre hei de servir. O que não desejo é voltar à cidade e ter de apresentar-me, assim decaído, ante os meus truculentos patrões...

O professor Benson pareceu meditar. Tirou do nariz os óculos de ouro, limpou-lhes os vidros num lenço de linho e depois disse:

– Não necessito aqui de ninguém. Possuo o número de criados estritamente precisos para conservação desta propriedade e nela não vejo função que o amigo possa desempenhar. E não o admitiria em hipótese alguma se de dias a esta parte não sentisse cá no coração prenúncios de que minha vida está no fim. Isto me faz sair da política que tenho levado até hoje e aceitá-lo em minha companhia como... confidente.

– Confidente?... – repeti, sem compreender o alcance da expressão.

– Sim, confidente. Aproveito-me do acaso tê-lo trazido ao meu encontro para confiar-lhe a história da minha vida. Mas desde já dou um conselho: guarde segredo de tudo depois que eu morrer. Não que seja caso de segredo, mas vai o amigo ouvir e ver coisas tão extraordinárias que, se o for contar lá fora, o agarram e o metem no hospício como doido varrido. Digo que guarde segredo para seu bem apenas. Agora saia. Dê pelos campos o seu primeiro passeio de convalescente e antes do almoço procure-me no gabinete.

Findo o discurso o professor premiu o botão de uma campainha. Sem demora vi surgir um criado.

– Acompanhe este moço num passeio pelos arredores e de volta conduza-mo ao gabinete.

CAPÍTULO II

A minha aurora

Pela primeira vez depois de recolhido àquela mansão punha eu o nariz fora do meu quarto de doente.

Senti-me surpreso. A casa do professor Benson não era ao tipo da casa vulgar. Dava antes ideia de uma espécie de castelo, não pelo estilo, que não lembrava nenhum dos castelos clássicos que eu vira reproduzidos em cartões-postais, mas pela massa e o estranho da construção. Olhei para aquilo com marcado espanto. Além do corpo fronteiro, evidentemente moradia familiar, erguiam-se pavilhões, galerias envidraçadas e vários minaretes altíssimos, ou melhor, torres de ferro enxadrezado, entretecidas de fios de arame.

– Que diabo de casa é esta? – perguntei ao criado, voltando-me para ele.

O criado, um tipo de misterioso aspecto e mais com ar de autômato do que de gente, permaneceu imóvel atrás de mim, sem mostras de ter ouvido.

Repeti-lhe a pergunta, e nada. Lembrei-me então da minha conversa com o corretor, quando me deu informes sobre o sábio Benson e contou que vivia misteriosamente, servido por criados mudos. Sem dúvida era aquele um dos tais. Isto fez-me estremecer. O pouco que eu vira já me provara não ser o morador do castelo um homem comum – e o viver servido por mudos ainda mais me aguçava a ponta do enigma.

Prossegui, entretanto, no meu passeio, conformado em fazê-lo em silêncio, uma vez que o mutismo era a senha da casa.

Em redor do castelo estendiam-se campos e florestas. Região montanhosa mas de relevo suave, coxilhas mansas que ao longe ganhavam corpo até se erguerem na morraria de um dos contrafortes da serra do Mar. Nos vales, belos capões de mata virgem; e nas lombas, um tapete de gramíneas crioulas, naquela época revestidas de florinhas róseas.

Notei logo que a natureza não era ali trabalhada. Tudo vivia em estado selvagem, sem sombra de intervenção humana além da impressa nos caminhos. Nem gado nas pastagens, nem sombras de cultura – porteiras ou cercas. Um pedaço de natureza virgem onde o homem só abrira passagens que lhe dessem o gozo das perspectivas naturais.

Compreendi que não estava numa fazenda. Homem de posses, o professor Benson teria aquilo apenas para recreio dos sentidos, sem o menor recurso às possibilidades do solo. Unicamente em redor da casa havia algo beneficiado: belo jardim todo garrido de rosas; aos fundos, o pomar.

Caminhei por espaço de meia hora e, no alto de uma colina, sentei-me no topo de um cupim para admirar a vista soberba dali descortinada. Impressionava estranhamente aquele castelo de inexplicável arquitetura, em meio de uma natureza rude e calma, onde só uma ou outra ave silvestre rompia o silêncio com o seu piar.

Afeito ao meu viver de cidade, no tumulto das ruas, aquele silêncio e aquela solidão punham-me novidades na alma. Senti no cérebro um referver de ideias novas, a saírem da casca que nem pintos.

A impressão geral que tive diante da natureza liberta da presença e ação do homem, coisa que via pela primeira vez, foi da minha absoluta niilidade – da niilidade absoluta dos meus patrões, naquele momento a se esbofarem no escritório e a maldizerem do empregado desaparecido sem licença. Para eles era eu o *empregado* – e também vinte dias antes eu me considerava apenas um empregado, isto é, humilde peça da máquina de ganhar dinheiro que os senhores Sá, Pato & Cia. houveram por bem montar dentro de uma certa aglomeração humana. Mas ali não me via empregado de ninguém; era um ser igual às ervas que esverdeciam as colinas, às árvores que frondejavam nas grotas e às aves que piavam nas moitas. Sentia-me deliciosamente integrado na natureza.

Minha loquela desaparecera. A necessidade de falar a todo o transe, tamanha que me fazia às vezes falar sozinho, se substituíra pela necessidade do silêncio. Cheguei a agradecer a finura do velho sábio em dar-me um companheiro mudo, compreendendo que, se em vez dele ali estivesse o meu barbeiro, terrível alto-falante de futebol e jogo do bicho, bem certo que eu chegaria ao extremo de amordaçá-lo. Talvez até nem fosse mudo de nascença o criado, mas apenas emudecido por influição local. Comigo vi que também emudeceria se permanecesse algum tempo naquele deserto.

O ar livre abriu-me o apetite e o apetite aberto fez-me lembrar do almoço e da ordem de aparecer antes dele no gabinete do professor Benson. Tratei de voltar – e ao pôr pé no castelo já me sentia bem outro homem, varrido das preocupações de outrora e absolutamente exonerado, por incompatibilidade psicológica, das funções de factótum crônico dos senhores Sá, Pato & Cia.

CAPÍTULO III
O capitão Nemo

Quando o criado me fez entrar no gabinete do doutor Benson o velho não se achava ali. Aproveitei o ensejo para correr os olhos pelas paredes e admirar ou, antes, embasbacar-me com as estranhas coisas que via. Devo dizer que não compreendi nada de nada. Conhecia o gabinete de trabalho dos meus patrões e o de muitos outros negociantes. Também conhecia consultórios médicos, salas de advogados, salões de hotel, e facilmente tomava pé num deles. Os móveis, os quadros das paredes, os objetos de cima de mesa, os bibelôs, as estatuetas, essas coisas todas me valiam por marcas digitais das que revelam a profissão do dono. No gabinete do professor Benson, porém, tudo me era desnorteante e, fora as poltronas, nas quais o corpo afundava, como nas do Derby Club, onde estive uma vez à procura de um figurão, tudo mais me valia por citações em caracteres chineses numa página em língua materna. Pelas paredes, quadros – não quadros comuns com pinturas ou retratos, mas quadros de mármore, como os das usinas elétricas, inçados de botõezinhos de ebonite. E reentrâncias, afunilamentos que se metiam pelos muros como cornetas de gramofone, lâmpadas elétricas dos mais estranhos aspectos, grupos de fios que vinham aos quatro, aos cinco, aos vinte e de repente se sumiam pelo muro adentro. Todavia, o que mais me prendeu a atenção foi, ao lado da secretária do professor, um enorme globo de cristal, e sobre ela, apontado para o globo, um curioso instrumento de olhar, ou que me pareceu tal por uma vaga semelhança com o microscópio.

Eu lera em criança um romance de Júlio Verne *Vinte mil léguas submarinas*, e aquele gabinete misterioso logo me evocou várias gravuras representando os aposentos reservados do capitão Nemo. Lembrei-me também do professor Aronnax e senti-me na sua posição ao ver-se prisioneiro no *Nautilus*.

Nesse momento uma porta se abriu e o professor Benson entrou.

– Bom dia, meu caro senhor... Seu nome? Ainda não sei o seu nome.

– Ayrton Lobo, ex-empregado da firma Sá, Pato & Cia. – respondi, fazendo uma reverência de cabeça e carregando no *ex* com infinito prazer.

– Muito bem – disse o professor. – Queira sentar-se e ouvir-me.

O hábito de sempre falar de pé aos ex-patrões impediu-me de cumprir a primeira ordem dada pelo meu novo chefe e vacilei uns instantes, permanecendo perfilado. O professor Benson compreendeu a minha atitude; pôs-me a mão no ombro e, paternalmente, murmurou na sua voz cansada:

– Sente-se. Não creia que o vou reter aqui como a um subalterno. Disse que iria ser o meu confidente e os confidentes não se equiparam aos homens de serviço. Sente-se e conversemos.

Sentei-me sem mais embaraço, porque o tom do misterioso velho era na realidade cordial.

– O senhor Ayrton, pelo que vejo e adivinho, é um inocente – começou ele. – Chamo inocente ao homem comum, de educação mediana e pouco penetrado nos segredos da natureza. Empregado no comércio: quer dizer, que não teve estudos.

– Estudos ligeiros, ginasiais apenas – expliquei com modéstia.

– Isso e nada é o mesmo. Eu preferia ter para confidente um sábio, ou melhor, uma organização de sábio, inteligência de escol, das que *compreendem*. Em regra, o homem é um bípede incompreensivo. Alimenta-se de ideias feitas e desnorteia diante do novo. Mas costumo respeitar as injunções do Acaso. Ele o trouxe ao meu encontro, seja pois o meu confidente. E saiba, senhor Ayrton, que é a primeira criatura humana aqui entrada desde que concluí a construção deste laboratório.

– O castelo, quer dizer?

– Sim, o castelo, como romanticamente lhe apraz chamar esta oficina de estudos onde realizei a mais extraordinária descoberta de todos os tempos.

Sem querer dei um recuo na poltrona, pensando logo na pedra filosofal e no elixir da longa vida.

– Não se assuste, nem arregale dessa maneira os olhos. Nem tente adivinhar o que é. Saiba apenas que se acha diante de um homem condenado a levar consigo ao túmulo o seu invento, porque esse invento excede à capacidade humana de adaptação às descobertas. Se eu o divulgasse, pobre humanidade! Seria impossível prever a soma de consequências que isso determinaria. Se houvesse, ou antes, se predominassem no homem o bom senso, a inteligência superior, as qualidades nobres em suma, sem medo eu atiraria à divulgação a minha maravilhosa descoberta. Mas sendo o homem como é, vicioso e mau, com um pendor irredutível para o despotismo, não posso deixar entre eles tão perigosa arma.

– Quer dizer – atrevi-me a murmurar – que se o doutor quisesse...

– Se eu quisesse – interrompeu-me o velho sábio –, tornar-me-ia o senhor do mundo, pois me vejo armado de uma potência que até hoje os místicos julgaram atributo exclusivo da divindade.

Dei novo recuo na cadeira, desta vez meio na dúvida se falava com um homem sadio dos miolos ou com um maluco. O ar sempre sereno do professor Benson acomodou-me, porém.

– Mas não quero. A dominação sobre o mundo não me daria prazeres maiores que os que gozo. Não me faria ver mais azul e límpida aquela serra, nem respirar com mais prazer este ar puro, nem ouvir melhor música que a do sabiá que todas as tardes canta numa das laranjeiras do pomar. Além disso, estou velho, tenho os dias contados e nada do que é do mundo consegue interessar-me. Vivi demais, satisfiz demais a minha outrora insaciável, mas hoje saciada, curiosidade de sábio. Só aspiro morrer sem dor e desfazer-me na vida do universo transfeito em átomos. Quem sabe se cada um desses átomos não levará consigo a capacidade de gozo que há em mim, e se com esse desdobramento não elevo ao extremo as minhas possibilidades?...

Não compreendi muito bem, lento que sou de espírito, a alta filosofia do professor; mas calei-me, cheio de admiração pelo homem que podendo ser imperador, presidente da República, rei do aço, sultão ou o que lhe desse na telha, visto que podia tudo, contentava-se com ser um misterioso velhinho ignorado do mundo e à espera da morte naquele sereno recanto da natureza.

Nisto um criado surgiu à porta e fez sinal.

– Vamos ao almoço, senhor Ayrton. Depois continuarei nas minhas confidências – disse-me o professor erguendo-se com dificuldade da poltrona.

CAPÍTULO IV

Miss Jane

Na sala de almoço tive uma nova surpresa. Estava lá, e recebeu-nos com gentil sorriso, a mais encantadora criatura que meus olhos ainda viram.

– Minha filha Jane – apresentou-ma o velho. Como eu esperava tudo menos encontrar ali uma figura feminina, atrapalhei-me e gaguejei, visto que sou tímido diante das mulheres formosas. Já com as feias, ou velhas, sinto-me desembaraçadíssimo. Mas cabelos louros como aqueles, olhos azuis como aqueles, esbelteza e elegância de porte como as de Miss Jane eram ingredientes fortes demais para que não produzissem a ruptura do meu equilíbrio nervoso. Gaguejei, já disse, e fui logo tropeçando num pé de cadeira, o que muito me vexou, embora não fizesse rir à moça. Esta contenção de sua parte provou-me que eu estava diante de uma criatura finamente educada e generosa.

Correu sem incidentes o almoço, e nada vi nele de mistério. Pratos simples, servidos em baixela fina, tudo despido dos excessos que caracterizam a mesa dos ricaços amigos de nas menores coisas exibirem o seu dinheiro.

Miss Jane falou ao pai de três filhotes de pintassilgos que encontrara no pomar, num ninho feito de raízes de capim.

– Gosta de pássaros, senhor Ayrton? – perguntou-me num gracioso sorriso.

Confesso que eu até ignorava a existência de pássaros no mundo. A minha vida de cidade, no corre-corre das ruas desde menino, sem nunca umas férias passadas no campo, impedia-me de prestar atenção a essas vidinhas aladas, que constituem um dos enlevos dos contemplativos.

– Gosto, sim, senhora – respondi eu –, se bem que em matéria de pássaros só me lembre de um periquito vítima duma menina filha lá da firma.

– Pois aprenderá aqui a adorá-los. O sabiá que todas as tardes canta numa das laranjeiras do pomar com certeza já lhe atraiu a atenção. Temos também várias outros amiguinhos que de lá não saem, pintassilgos, sanhaços, rolinhas, saíras...

– O senhor Ayrton – interveio o professor – vai ficar aqui conosco. Tem muito que ouvir e aprender. Vou revelar-lhe os segredos da natureza, e tu, Jane, lhe revelarás a poesia. Estes homens da cidade têm a visão muito restrita; o mundo para eles se resume na rua, nas casas marginais e no torvelinho humano.

– Realmente, professor. A impressão que tive hoje durante o meu passeio pelo campo abriu-me a alma. Verifiquei que o mundo não é só a cidade, e que o centro do universo não é a firma Sá, Pato & Cia., como toda vida supus.

– O mundo, meu caro, é um imenso livro de maravilhas. A parte que o homem já leu chama-se passado; o presente é a página em que está aberto o livro; o futuro são as páginas ainda por contar. E a uma criatura que nem conhece a página aberta ante os olhos, como o senhor, vou eu revelar o que a ninguém ainda foi revelado: algumas páginas futuras!

Olhei para o professor Benson com ar palerma, porque sempre me apalermava o que ele dizia. Tinha o sábio uma linguagem nova para mim, da qual eu apreendia apenas o sentimento formal, não o sentido íntimo. Animei-me, entretanto, a uma frase:

– Miss Jane com certeza conhece também essas páginas futuras.

– Sim, eu e ela – respondeu o professor. – Só nós dois, no mundo inteiro e desde que o mundo é mundo, gozamos deste privilégio maravilhoso. Enviuvei muito cedo e minha família está hoje reduzida a Jane. É a minha companheira de análises dos cortes anatômicos do futuro.

"Cortes anatômicos do futuro"... A expressão soou-me como outrora a do senhor Sá quando pela primeira vez me falou em "lançamento por partidas dobradas", coisa que hoje não ignoro mas que na época me valeu por um "corte anatômico".

Nesse ponto do almoço fez-se notar certa zoada distante vinda não sabia eu de onde.

– Deixaste o cronizador aberto, Jane?

– Sim, meu pai. Deixei-o em marcha para 410 anos de hoje, focalizado para 80° de latitude N e 40° de longitude. Experiência ao acaso, pois nem verifiquei onde fica esse ponto.

– Groenlândia. O corte não revelará coisa nenhuma, suponho. Não creio que em 410 anos as condições do mundo se alterem a ponto de haver lá outra vida além da dos esquimós, ursos e focas.

– Em todo caso vejamos – disse a moça. – Temos tido tantas surpresas...

– Minha filha, senhor Ayrton, possui mais frieza de sábio do que eu. Não perde tempo em formular hipóteses quando tem ao alcance meios de verificar experimentalmente.

Ri-me. Acho que a melhor maneira de figurar numa roda onde se falam coisas acima da nossa compreensão é sorrir para o interlocutor que nos dirige a palavra. Se o riso não engana a ele, engana-nos a nós e livra-nos de uma réplica verbal, que sai asneira infalivelmente. De todo o diálogo da filha com o pai só me evocou uma imagem já classificada em meu cérebro a palavra Groenlândia. Lembrei-me dos meus tempos de geografia e da impressão que me causara a descrição da Terra Verde, ou Groenlândia, feita pelo meu barbudo professor Maneco Lopes. E por associação me vieram à mente ursos-brancos, focas, leões-marinhos, pinguins, esquimós. Querendo contribuir com uma nota para a conversa, e fingindo entender o que eles haviam dito, arrisquei:

– Não há dúvida, a Groenlândia é um caso sério. Uma piririca!

Foi a vez de o professor Benson franzir os sobrolhos no gesto clássico da incompreensão. Vi que aquele homem, que sabia tudo e lia o futuro, ignorava alguma coisa do presente – a gíria da cidade – e firmei-me na resolução de dar com a gíria em cima dele para vê-lo refranzir a testa muitas vezes.

– Quê? – indagou o velho sábio.

– Sim – expliquei eu sem erguer os olhos para Miss Jane com medo de desnortear. – A Groenlândia é um caso, um número. Quando o pinguim cisma pra cima do peixe e o urso grela a foca...

Mas o professor Benson cortou-me as vasas.

– Não refletiu nunca, meu caro senhor Ayrton, na oportunidade do silêncio? O silêncio é sábio, é uma das mais altas formas da sabedoria. Foi silenciando que Jesus deu ao "Que é a verdade?" de Pilatos a única resposta acertada...

– Papai – interveio a moça evidentemente apiedada da minha situação –, está aí uma experiência que ainda não fizemos! Involuir a corrente e operar um corte no ano 33, a ver se apanhamos essa cena histórica...

– Realmente é uma ideia, minha filha, e mais curiosa do que o exame da Groenlândia, onde, como diz cá o amigo, *o urso grela a foca...*

CAPÍTULO V

Tudo éter que vibra

Saí daquele almoço com as ideias mais desnorteadas do que nunca. Um elemento novo contribuía para isso; Miss Jane, criatura singularmente perturbadora, pois, além de agir sobre meus fracos nervos como todas as moças bonitas, ainda me tonteava com a sua mentalidade de sábio. De tudo quanto a jovem disse só me ficou claro no espírito a história dos passarinhos do pomar. Até ali pareceu-me uma criatura tal as outras, mas depois do "corte anatômico" tudo se complicou e passei a vê-la qual um misterioso ídolo de divindade dupla, misto de Afrodite e Minerva.

Depois do almoço levou-me o professor a ver os laboratórios. Atravessei numerosas salas e pavilhões cuja composição entendi menos que a do gabinete. Quanta máquina esquisita, tubos de cristal, ampolas, pilhas elétricas, bobinas, dínamos – extravagâncias de sábio! Eu conhecia várias oficinas mecânicas, mas nelas nunca me tonteava. Tornos, máquinas de cortar e furar, bigornas, martelos automáticos, laminadores, fresas, tudo isso eu via e compreendia, pois apesar de complicados na aparência evidenciavam logo uma função esclarecedora. Mas ali, santo Deus! Que caos! Não consegui entender coisa nenhuma e mesmo depois que o velho sábio mas explicou manda a verdade confessar que fiquei na mesma.

– Isto aqui – disse ele na primeira sala – são aparelhos eletrorradioquímicos, na maioria criados ou adaptados por mim e que constituíram o ponto de partida da minha descoberta. Se o amigo Ayrton fosse técnico, eu os explicaria um por um, mas será difícil fazer-me entender por quem não possui uma sólida base de ideias científicas. Resumirei dizendo que neste velho laboratório consumi os 30 anos da minha mocidade em pesquisas pacientíssimas, culminantes na construção daquela antena que o amigo lá vê no alto da torre.

Olhei e vi uns fios entrecruzados formando um desenho geométrico.

– Parece uma teia de aranha! – murmurei.

– E é de fato uma teia de aranha. A aranha sou eu. Com essa teia apanho a vibração atômica do momento.

– "Vibração atômica do momento"... – repeti fazendo um furioso esforço mental para compreender a novidade.

– Sim. A vida na Terra é um movimento de vibração do éter, do átomo, do que quer que seja *uno e primário*, entende?

– Estou quase entendendo. Já li um artigo no jornal onde um sábio provava que só há força e matéria, mas que a matéria é força, de modo que os dois elementos são um, como os três da Santíssima Trindade também são um, não é isso?

– Mais ou menos. Nomes não vêm ao caso. Força, éter, átomo: denominações arbitrárias de uma coisa una que é o princípio, o meio e o fim de tudo. Por comodidade chamarei éter a esse elemento primário. Esse éter vibra e, conforme o grau ou intensidade da vibração, apresenta-se-nos sob *formas*. A vida, a pedra, a luz, o ar, as árvores, os peixes, a sua pessoa, a firma Sá, Pato & Cia.: modalidades da vibração do éter. Tudo isso foi, é e será apenas éter.

Não pude deixar de sorrir lembrando-me da cara que fariam os senhores Sá, Pato & Cia. se ouvissem as palavras do sábio. Éter, eles...

– Mas não há somente éter no mundo – continuou o mestre. – Se só houvesse éter e fosse de sua essência vibrar, a vibração seria uniforme e tornaria impossível a manifestação de formas de vida. Seria o estatismo eterno.

– Sei, um zunzum, uma zoada de não acabar mais.

– Muito bem, está compreendendo. A vibração do éter, pois, sofreu a interferência... Sabe o que é interferência?

– Uma coisa que se insinua pelo meio; intrometer a colher torta na conversa dos mais velhos deve ser, cientificamente, uma interferência.

– Perfeitamente. Sofreu a interferência do que cá no vocabulário que criei com minha filha chamo o *Interferente*. Isto de palavras não tem importância, como já disse. Só vale a ideia. O Interferente poderá para outros ter o nome de Deus, por exemplo, ou de Vontade. Os filósofos que filosofam com palavras passam a vida a debater qual a melhor palavra a aplicar ao meu Interferente, como se palavras jamais esclarecessem alguma coisa.

– Vai indo muito bem, professor. Há o éter que vibra e há o Interferente que se mete no meio...

– Isso. Interfere e provoca a variação vibratória. Essa variação cria correntes que se chocam umas com as outras, modificam-se e dão origem a todas as formas de vida existentes. A vida, pois, não passa da vibração do éter modificada pela ação do...

– Interferente! – concluí, glorioso.

Parece que o professor Benson mudou a ideia que formava de mim. Viu que o discípulo aprendia depressa e, voltando atrás, como se valesse a pena instruí-lo mais a fundo, passou a explicar-me dezenas de coisas do seu laboratório, na intenção de confirmar-me nos princípios que o levaram à dedução da fórmula: Éter + Interferência = Vida.

Depois que me viu já bem seguro das suas teorias, continuou:

– Preste atenção agora, que este ponto é capital. O Interferente não interfere sempre. *O Interferente interferiu uma só vez!*

Parei um pouco atordoado.

– Espere, doutor. Dê-me tempo de assentar as ideias. O Interferente veio, interferiu e parou de interferir. É isso?

– Perfeitamente. Quebrou a uniformidade da vibração, perturbou o unissonismo...

– O zunzum!

– ... e desde então o fenômeno vida, que também podemos denominar universo, desenvolve-se por si, automaticamente, por *determinismo*. As coisas vão-se *determinando*...

– Uma puxa a outra...

– Isso. Uma determina a outra. Daí vem falarem os velhos filósofos em lei da causalidade, "toda a causa produz efeitos" etc.

– Aristóteles... – ia eu arriscando.

– Deixe Aristóteles em paz. Estamos na determinação universal, e a vida, ou o universo, é para nós o momento consciente desta determinação.

– "Momento consciente"... – repeti forçando o cérebro.

– O senhor Ayrton, por exemplo, é um momento consciente da determinação universal às treze horas e catorze minutos do dia 3 de janeiro do ano de 1926, aos 22° e 35' de latitude S e 35° e 3' de longitude ocidental do meridiano do Rio de Janeiro.

– Admirável! – exclamei com entusiasmo e cheio de orgulho, compreendendo afinal a minha verdadeira significação na vida. – Mas o futuro, doutor? Muito mais que a definição científica do que sou, interessam-me as suas visões do futuro.

– Para lá chegar temos que ir por este caminho. Começamos do éter inicial, admitimos a Interferência e estamos na *Determinação,* que é o que os filósofos chamam *presente*... O futuro é a *Predeterminação.*

Franzi os sobrolhos. A palavra era nova para mim e a ideia muito mais. O professor Benson expô-la com luminosa clareza e mostrou-me o maravilhoso do determinismo. Em certo ponto da sua exposição lembrei-me do amigo corretor e da sua comparação do 2 + 2 = 4. Fingi que era minha a imagem e arrisquei:

– 2 + 2 = 4.

O professor Benson entreparou, com a fisionomia radiante. Em seguida estendeu-me a mão.

– Meus parabéns! Vejo que o senhor Ayrton é muito mais inteligente do que a princípio supus. Nessa imagem está toda a minha filosofia; 2 + 2 significa o presente; 4 significa o futuro. Mas, assim que escrevemos o presente 2 + 2, o futuro 4 já *está predeterminado antes que a mão o transforme em presente* lançando-o no papel. Aqui, porém, são tão simples os elementos que o cérebro humano, por si mesmo, ao escrever o 2 + 2, vê imediatamente o futuro 4. Já tudo muda num caso mais complexo, onde em vez de 2 + 2 tenhamos, por exemplo, a Bastilha, Luís XVI, Danton, Robespierre, Marat, o clima de França, o ódio da Inglaterra além-Mancha, a herança gaulesa combinada com a herança romana, o bilhão de fatores, em suma, que faziam a França de 89. Embora tudo isso predeterminasse o "4" *Napoleão,* esse futuro não poderia ser previsto por nenhum cérebro em virtude da fraqueza do cérebro humano. Pois bem: eu descobri o meio de predeterminar esse futuro – e vê-lo!

– Mas é assombroso, professor! É a mais espantosa descoberta de todos os tempos! – exclamei de olhos arregalados. – Entretanto, permita-me uma dúvida. Se esse futuro ainda não existe, como o pode ver?

– O 4 antes de ser escrito também não existe; no entanto o amigo o vê tão claro no presente 2 + 2 que o escreve incontinênti.

O argumento calou fundo. Pisquei sete vezes, com a testa fortemente refranzida.

– O futuro não existe – continuou o sábio –, mas eu possuo o meio de *produzir* o momento futuro que desejo.

Tonteado pelo tom categórico daquela afirmativa, não ousei duvidar, e estava ainda apalermado com a maravilhosa revelação quando Miss Jane apareceu, esplêndida de formosura.

Esqueci toda aquela altíssima ciência que já me dava dor de cabeça e regalei os olhos na sua imagem perturbadora.

Saudou-me com um gesto amável e disse, dirigindo-se ao professor:

– Tinha razão, meu pai. Já fiz o corte e lá só vi as eternas brancuras da neve.

E voltando-se para mim:

– Tem aprendido muita coisa, senhor Ayrton?

– Mais que em toda a minha vida, Miss Jane, e começo a bendizer o acaso que me fez vítima de um desastre.

– E está tão no começo ainda! Quando entrar no segredo de tudo e puder ver diretamente uns cortes, o seu assombro vai ser ilimitado.

– Já prevejo isso, senhorita, e...

E engasguei-me. Miss Jane olhara-me nos olhos e eu não era criatura que suportasse de frente um olhar assim. Cheguei a corar, creio, o que ainda mais aumentou a minha perturbação. Felizmente a boa criatura, vendo que eu me calava, voltou-se para o professor Benson e disse:

– Mas agora, meu pai, tréguas às revelações. O café está na mesa e com uns bolinhos tentadores que eu mesma fiz. Senhor Ayrton, vamos...

CAPÍTULO VI

O tempo artificial

Quando de novo me encontrei com o professor Benson no laboratório, prosseguiu ele na exposição interrompida.

– Onde estavámos, senhor Ayrton?

– Na predeterminação...

– Sim. Foi nesse ponto que Jane nos interrompeu. Pois bem: se tudo inexoravelmente se determina pela influência recíproca das vibrações, se é isto pura mecânica, embora de uma metamecânica inacessível às forças da inteligência do homem, é lógico que a predeterminação é possível em teoria.

– E na prática também! – aventei eu iluminado de súbita ideia. – Homens há que adivinham ocorrências futuras. Eu mesmo já tive ocasião de observar comigo um curioso caso de pressentimento lá nos negócios da firma. Veio-me não sei de onde a ideia de que um freguês ia falir. Disse-o ao senhor Sá, o qual me chamou de tolo. Um mês mais tarde esse freguês abria bancarrota! Nunca me pude explicar isso, pois nada conhecia dos seus negócios, nem coisa nenhuma ouvira falar a respeito.

– Esse caso pode ser visto de outra maneira. A ideia de requerer falência podia estar em ação no cérebro do freguês. Ideia é vibração que repercute em ondas como tudo o mais, e certos cérebros possuem bela faculdade emissiva ou receptora. Emitiu esse freguês uma vibração da ideia e o cérebro do senhor Ayrton agiu como polo receptor.

– Mas a leitura das linhas da mão? A quiromante que na Martinica predisse a Josefina, então simples burguesinha crioula, que seria imperatriz da França?

– Aí já o caso é diverso, como no de todas as profecias comprovadas. Havemos que conceber certas organizações possuidoras de uma faculdade predeterminante. E não me custa admitir isso, já que construí o *predeterminador.*

– Que significa essa nova palavra, professor?

– Vamos ao pavilhão vizinho; lá me compreenderá melhor.

Passamos à sala imediata, recinto envidraçado e em forma de funil, cujo bico era uma das tais torres de ferro enxadrezado.

– Aqui temos o nervo óptico do futuro. Chamo a este conjunto "o grande coletor da onda Z".

Eu andava de novidade em novidade e por mais alerta que pusesse o cérebro tinha de fazer paradas constantes, pedindo ao professor explicações parciais.

– Onda Z, professor Benson? Ainda não me falou nela.

– Só agora chegou o momento. A multiplicidade infinita das formas, isto é, das vibrações do éter, produz turbilhões ou ondas, que consegui classificar uma por uma e captar por meio deste conjunto receptor que as polariza...

– ?!

– Polarizar é reunir tudo num só ponto, num polo.

– Compreendo.

– Este conjunto receptor polariza os turbilhões e os funde numa espécie de corrente contínua, ou, usando de imagem concreta, de um jato. Suponha milhões de gotas de chuva a caírem num imenso funil e a saírem pelo bico sob a forma contínua de um jorro cristalino. Todas as gotas estão no jato, *mas fundidas e sob outra forma*. Assim o meu coletor. Apanha o turbilhão das ondas e as polariza naquele aparelho.

Olhei para o aparelho que o dedo do professor apontava e apenas vi um emaranhado de fios e grandes carretéis de arame, que em calão eu definiria muito bem com a palavra *estrumela*. Mas guardei o vocábulo, visto que a lição da Groenlândia ainda estava muito fresca em minha memória.

– Consigo assim – prosseguiu o sábio – concentrar em minhas mãos o presente, isto é, o momento atual da vida do universo, como imensa paisagem panorâmica que toda se reflete numa chapa fotográfica e nela se conserva latente até que vá ao banho revelador. Quer isto dizer que na corrente contínua, invisível como o fluido elétrico, que gira naquele caos aparente de fios, selenoides e bobinas, está *tudo* quanto constitui o momento universal!

Apesar da segurança do velho sábio e da solidez de suas deduções, eu permanecia numa vaga dúvida. Na minha curteza mental eu achava excessivo estar tudo quanto existe reduzido a tão homeopáticas proporções e, ainda mais, impalpável e invisível. O professor Benson adivinhou a minha indecisão e esmagou-a como quem esmaga uma pulga.

– Sabe o que é isto? – perguntou mostrando-me uma coisinha de minúsculas dimensões.

– Uma semente – respondi.

– E que é uma semente? Uma predeterminação. Aqui dentro está preteterminada uma árvore de colossais dimensões que se chama jequitibá. Se o amigo admite que desta semente, que analisada só revela a presença de um bocado de amido, sais, graxa etc., surja sempre, e de um modo fatal, um majestoso jequitibá, por que vacila em admitir um fenômeno semelhante, qual a polarização do momento universal numa semente, que no caso é o fluido que circula no meu aparelho?

O símile matou-me de vez todas as veleidades de ceticismo e foi como quem ouve a voz de Deus que dali por diante me entreguei sem reservas às palavras do sábio.

– Prossiga, doutor – murmurei.

O professor Benson prosseguiu.

– Obtenho, pois, neste aparelho, uma corrente contínua, que é o presente. Tudo se acha impresso em tal corrente. Os cardumes de peixes que neste momento agonizam no seio do oceano ao serem apanhados pela água tépida da corrente do Golfo; o juiz bolchevista que neste momento assina a condenação de um mujique relapso num tribunal de Arkangel; a palavra que, em Zorn, neste momento, o *kronprinz* dirige ao ex-imperador da Alemanha; a flor do pêssego que no sopé do Fujiyama recebe a visita de uma abelha; o leucócito a envolver um micróbio malévolo que penetrou no sangue de um faquir da Índia; a gota d'água que espirra do Niágara e cai num líquen de certa pedra marginal; a matriz de linotipo que em certa tipografia de Calcutá acaba de cair no molde; a formiguinha que no pampa argentino foi esmagada pelo casco do potro que passou a galope; o beijo que num estúdio de Los Angeles Gloria Swanson começa a receber de Valentino...

– A fatura que neste momento o senhor Sá está acabando de somar... Compreendo, professor. Toda a vida, todas as manifestações poliformes da vida, tudo está ali, como o jequitibá, com todos os seus galhos e folhas e passarinhos que pousam nele e cigarras que o elegem para palco de suas cantorias, está dentro da sementinha. Não é isso? – concluí radiante.

O professor Benson riu-se do meu entusiasmo e pareceu-me na realidade satisfeito com o discípulo.

– Perfeitamente, amigo Ayrton. Tudo está ali. Pela primeira vez desde que o mundo é mundo consegue o homem esse espantoso milagre – mas só eu sei o que isso me custou de experiências e tentativas falhas!... Fui feliz. O Acaso, que é um Deus, ajudou-me e hoje me sinto na estranha posição de um homem que é mais do que todos os homens...

Sua fisionomia irradiava tanta luz – a luz da inteligência – que só a poderia suportar um inocente da minha marca. Estou convencido de que se outro sábio o defrontasse naquele instante estarreceria de assombro, siderado como Isaías diante das sarças ardentes quando delas trovejou a voz de Jeová. A minha ingenuidade, a minha inocência mental salvou-me. Hoje estremeço quando penso em tudo isso, como estremeceu Tartarin de Tarascon ao saber que os abismos que com risonha coragem ele arrostara nos Alpes eram de fato abismos e não cenografia como, iludido por Bompard, no momento supôs. Hoje que já nada mais existe do professor Benson, a não ser uma lápide no cemitério, e nada existe senão cinzas do seu maravilhoso laboratório, se me ponho a analisar esse período da minha vida tenho a sensação de que convivi com um deus humanizado. O professor Benson falava das suas invenções com tanta simplicidade e me tratava tão familiarmente que jamais me senti tolhido em sua presença como me sentia, por exemplo, na do senhor Pato, o sócio comendador lá da firma. Sempre que me cruzava com o comendador eu tremia, tanto se impunha aos subalternos aquela formidável massa de banhas vestida de fraque, com anel de grande pedra no dedo e uma corrente de relógio toda berloques que nos esmagava a humildade sob a arrogância e o peso do ouro maciço. Diante do comendador Pato eu tremia e balbuciava; mas diante do professor Benson, um deus, sempre me senti como em face de um igual. Compreendo hoje o fenômeno e sei que a verdadeira superioridade num homem não o extrema dos "inocentes", como dizia o professor – e por isso chamava Jesus a si os pequeninos. Até na indumentária aqueles dois homens eram antípodas. Na do comendador, o fraque propunha-se a impressionar imaginações, a estabelecer categorias, a amedrontar os paletós-sacos com a imponência da sua cauda bipartida; na do professor Benson tinha a roupa por única função vestir um corpo a modo de resguardá-lo das bruscas variações atmosféricas.

Mas voltemos atrás. Ao ouvir dizer ao professor Benson que todo o momento universal estava ali, olhei para a maranha de fios e bobinas com um sentimento misto de orgulho e piedade. Orgulho de ver o Tudo escravizado diante de mim. Piedade, porque havia nisso uma certa humilhação para o Tudo...

A voz pausada do velho sábio tirou-me de tais cogitações.

– Até aqui permanecemos no presente. A onda Z ali captada só diz respeito ao presente, e se eu ficasse nessa etapa de pouco valeria a minha descoberta. Mas fui além. Descobri o meio de *envelhecer* essa corrente à minha vontade.

– Envelhecer?... – murmurei refranzindo a um tempo todos os músculos da cara.

– Sim. Faço-a passar pelo aparelho que tenho no pavilhão imediato e ao qual denominei *cronizador*. Vamos para lá.

O professor tomou a dianteira e eu o segui, ainda repuxado de músculos faciais. O pavilhão imediato possuía ao centro um novo aparelho tão incompreensível para a minha inteligência como os anteriores.

– Aqui temos o cronizador – disse o meu cicerone apontando para o esquisito conjunto. – Este mostrador, que lembra o dos relógios, me permite marcar no futuro a época que desejo estudar.

– ?!

– Perca o hábito de assustar-se, porque senão acabará cardíaco. A corrente penetra por este fio, sofre um turbilhonamento e envelhece na medida que eu determino com o movimento deste ponteiro. É como se eu tomasse a semente e por um golpe de mágica dela fizesse brotar a árvore aos 10 anos de idade, ou aos 50, ou aos 100 – ao arbítrio do experimentador. Compreende?

– Compreendo...

– E destarte a evolução, que com o decorrer do tempo *necessariamente vai ter a vida atual do universo*, eu a apresso e a detenho no momento escolhido. Este meu cronizador, em suma, é um aparelho de produzir o *tempo artificial* com muito mais rapidez do que pelo sistema antigo, que é esperar que o tempo transcorra. Obtenho um ano num minuto de turbilhonamento; penetro no futuro, no ano 2000, por exemplo, em 74 minutos. Opera-se durante a cronização uma zoada, que é o som dos anos a se sucederem, som muito semelhante a um eco distante...

– Sei. O que ouvi na hora do almoço.

– Exatamente. Quis Jane visualizar o futuro no ano 2336, ou seja, a 410 anos deste em que estamos. Para isso colocou aqui o ponteiro e abriu o comutador. A corrente envelheceu e automaticamente parou no ponto marcado, isto é, no ano 2336.

A minha curiosidade crescia. Percebi que chegara ao ponto culminante da descoberta do professor Benson.

– E depois? – indaguei ansioso. – Para ver, ou como diz o professor, para visualizar esse futuro, como procede?

– Devagar!... Consigo, como ia dizendo, envelhecer a corrente até o ponto desejado. Ao obter isso a *evolução determinista que rigorosamente vai dar-se no universo com o decorrer normal do tempo dá-se artificialmente dentro do aparelho*. E, chegada ao termo da cronização que visamos, a corrente turbilhonada torna-se estática, por assim dizer congelada. E fico eu na posse de um momento da vida universal futura – isto é, com o 4 da nossa primitiva imagem do 2 + 2. Resta-nos agora a última parte da operação, a qual, por comodidade, executo no meu gabinete. Não notou lá uma espécie de globo cristalino?

– Foi a primeira coisa que me impressionou neste castelo.

– Pois é o *porviroscópio*, o aparelho que toma o corte anatômico do futuro, como pitorescamente diz Jane, e o desdobra na multiplicidade infinita das formas de vida futura que estão em latência dentro da corrente congelada.

– Por que corte anatômico? – indaguei, para não deixar ponto obscuro atrás de mim.

– Nunca esteve num laboratório de microscopia? Com uma navalha afiadíssima o anatomista opera um corte na ponta do seu dedo, por exemplo. Tira uma lâmina de carne, a mais fina que possa, e estuda-a ao microscópio. A essa fatia do seu dedo chamará ele "corte anatômico". É Jane uma menina muito viva e gosta de falar por imagens, algumas extraordinariamente pitorescas...

A evocação de Miss Jane veio perturbar a contenção do espírito com que eu acompanhava as revelações do mestre. Meu espírito cansado repousou nesse gracioso oásis, e foi com infinita inocência que indaguei:

– Que idade tem ela, professor?

Mas o velho sábio talvez nem me ouvisse, porque entrou a dar explicações sobre a segunda função que possuía o cronizador: *involuir* a corrente, rodar para trás – o que permitia cortes anatômicos no passado.

– Mas isso não interessa – aventei levianamente. – O passado é velho conhecido nosso.

– Engano. É tão desconhecido como o futuro e o presente.

Desta vez abri a boca, e lá por dentro me soou como tolice a frase do sábio. Mas vi logo que o tolo era eu.

– Do presente que é que sabe o amigo Ayrton? Sabe apenas que está neste minuto conversando comigo. Mais nada. Não sabe nem sequer se os senhores Sá, Pato & Cia. estão a esta hora de falência aberta.

– Impossível! Aquela gente é sólida como as montanhas!... Só vendem à vista...

– Quantas planícies não marcam hoje o lugar outrora ocupado por montanhas!... Do presente o amigo Ayrton só sabe, isto é, só tem consciência do que no momento lhe afeta os sentidos.

– Na verdade! – exclamei. – Nem o meu Ford, que era tudo para mim, sei onde para...

– E, se ignoramos o presente, que dizer do passado?

– Mas a História?

O professor Benson sorriu meigamente um sorriso de Jesus.

– A História é o mais belo romance anedótico que o homem vem compondo desde que aprendeu a escrever. Mas que tem com o passado a História? Toma dele fatos e personagens e os vai estilizando ao sabor da imaginação artística dos historiadores. Só isso.

– E os documentos da época? – insisti.

– Estilização parcial feita pelos interessados, apenas. Do presente, meu caro, e do passado, só podemos ter vagas sensações. Há uma obra de Stendhal, *La chartreuse de Parme*, cujo primeiro capítulo é deveras interessante. Trata da batalha de Waterloo, vista por um soldado que nela tomou parte. O pobre homem andou pelos campos aos trambolhões, sem ver o que fazia nem compreender coisa nenhuma, arrastado às cegas pelo instinto de conservação. Só mais tarde veio a saber que tomara parte na batalha que recebeu o nome de Waterloo e que os historiógrafos pintam de maneira tão sugestiva. Os pobres seres que inconscientemente nela funcionaram como atores, confinados a um campo visual muito restrito, nada viram, nem nada podiam prever da tela heroica que os cenógrafos de história iriam compor sobre o tema. Eis o presente... Vamos agora ao gabinete – concluiu o professor. – O mais interessante se passa lá.

Acompanhei-o, literalmente apatetado. Aquele homem pensava de modo tão diferente de todo mundo que suas ideias me davam a impressão de algo novo e operavam em meu cérebro como luz que invade aos poucos uma sala de museu. Mil coisas que nunca supus existirem na minha cabeça revelavam-se-me de pronto. Coisas mínimas, germes de ideias, antigas impressões recolhidas nos vaivéns do viver quotidiano ressurgiam animadas de estranha significação. Outras, que eram capitais outrora, diluíam-se. O comendador Pato, até vinte dias antes tido por mim como o mais formidável expoente do gênio humano, decaía a irrisórias proporções. Oh, como desejei vê-lo ali em contato com o professor, para gozar a derrocada das ridículas ideias de fraque que ele tinha na cabeça!

CAPÍTULO VII
Futuro e presente

Ao entrar no gabinete iluminei-me todo por dentro. Estava Miss Jane diante do globo de cristal, absorvida com certeza na visualização de um corte anatômico. Um raio de sol coado pela vidraça transfazia em luz o louro de seus cabelos. Miss Jane era toda atenção. Seus olhos azuis verdadeiramente bebiam algum maravilhoso quadro. O professor Benson estacou à porta, fazendo-me gesto de silêncio, e assim permaneceu até que a moça desse volta a um comutador e regressasse ao presente.

– Papai – exclamou ela –, estou no fim da tragédia, no crepúsculo da raça. Dudlee ganhou uma estátua... Boa tarde, senhor Ayrton. Desculpe-me estar dizendo a meu pai coisas que nem por sombras o senhor pode desconfiar o que sejam. Compreendo que é indelicado falar em língua estranha na presença de pessoas que a desconhecem...

A bondade de Miss Jane encantou-me; e, como a jovem não me olhasse nos olhos, pude replicar:

– Mas tudo nesta casa me é linguagem estranha! O que acabo de ver assombra-me de tal maneira que tão cedo não me reconhecerei a mim mesmo.

– Está fazendo progressos, Jane – disse o professor. – O amigo Ayrton compreendeu muito bem a parte teórica da minha exposição.

– Ou compreendi – exclamei – ou pareceu-me compreender. Aqui o professor fala com tal simplicidade e clareza que nem parece um sábio. Conheci um lá na cidade, e grande, a avaliar pela fama, com quem tive de tratar a mandado da firma. Pois confesso que não pesquei coisa nenhuma do que o homem disse. Esse, sim, parecia falar uma linguagem de mim nem sequer suspeitada...

– Não era um verdadeiro sábio – interveio Miss Jane. – Os verdadeiros são como meu pai, claros e fecundos como a luz do sol. Mas quer saber o senhor Ayrton o que eu fazia há pouco?

– Não lhe contes ainda, Jane. Explica-lhe primeiro a função do porviroscópio, enquanto vou repousar um bocado. Sou velho e qualquer esforço além do habitual me cansa.

Antes que o professor Benson se retirasse, deu Miss Jane um salto da cadeira, leve como a corça, e veio beijá-lo no rosto.

– Este querido paizinho! – murmurou, acompanhando-o com os olhos amorosamente.

Depois, voltando-se para mim:

– Não é uma bênção das fadas ter um pai destes? Como sabe conciliar a máxima inteligência com a máxima bondade!

– E com a máxima simplicidade! – acrescentei. – Não caibo em mim de gosto ao ver o homem que podia ser dono do mundo, se quisesse, tratar-me como se eu fora alguém.

– Não se espante disso. Meu pai é coerente com as suas ideias. Todos para ele somos meras vibrações do éter.

– Até Miss Jane?

– Eu serei vibração de um éter especial, muito afim do que vibra nele – explicou ela a sorrir. – Mas, sentemo-nos, senhor Ayrton, que há muito que conversar.

Já disse que eu era um rapaz acanhado, sobretudo em presença de moças bonitas; mas o ambiente de familiaridade e franqueza daquela casa modificou-me logo. Cheguei até a suportar nos olhos os olhares da linda jovem, sem perder a tramontana como da primeira vez. É que nem remotamente lembrava aquele olhar o olhar malicioso das mulheres que eu conhecera. Fui percebendo aos poucos que de feminino só havia em Miss Jane o aspecto. Seu espírito formado na ciência e seu convívio com um homem superior dela afastavam todas as preocupações de coquetismo, próprias da mulher comum.

Isso me pôs à vontade. Sentia-me, não um moço em frente de uma donzela, mas um espírito diante do outro.

Aproveitei o ensejo para esclarecer-me a respeito do professor Benson. Soube que era descendente de um mineralogista norte-americano que um século antes viera ao Brasil estudar a composição de certa zona aurífera. Gostou da terra e nela se fixou, casando-se com a filha de um fazendeiro de São Paulo.

– Desse consórcio – explicou Miss Jane – só veio ao mundo meu pai, que cedo foi enviado à Europa, onde se dedicou a estudos científicos. Lá se casou tarde e lá residiu por certo tempo. Veio depois tomar posse dos bens deixados pelo meu avô – e aqui nasci eu. Mas não me lembro de minha mãe. Morreu muito moça, aos 29 anos... Desde essa época estabeleceu-se meu pai neste recanto e consagrou-se integralmente à sua invenção. Passou o nosso mundo a resumir-se neste laboratório. Raras vezes vamos à cidade, pouco interesse, aliás, achando nós dois em seu tumulto.

– Pudera! Quem tem o passado e o futuro nas mãos...

– Realmente é isso. Esse aparelho fornece-nos tamanhas maravilhas que a bem dizer vivemos muito mais no porvir do que no presente. Meu gosto é realizar estudos dos anos mais remotos, e só lamento não ter um cérebro imenso qual o oceano para reter tudo o que vejo. Outra coisa que lamento é não podermos dar a público a nossa invenção. A bondade de meu pai o impede.

– Não alcanço muito bem o porquê...

– Pretende ele, e com muita lógica, que a humanidade não está apta a suportar a revelação do futuro. Acha que a sua invenção cairia no poder de um grupo o qual abusaria da tremenda soma de superioridade que a descoberta lhe concederia. Fosse meu pai um homem vulgar, de pouca sensibilidade de coração, e ele mesmo assumiria o predomínio que receia ver na posse de outrem. Basta dizer que até hoje apenas se utilizou deste invento para reunir o dinheiro necessário à nossa vida e aos enormes dispêndios dos seus estudos.

– Agora me lembro, Miss Jane, que lá fora é o professor Benson conhecido como um jogador de câmbio que jamais perde.

– E assim é. Fizemos experiência com o marco e o franco e os fatos corresponderam com exatidão às indicações deste aparelho. Mas meu pai limitou-se a ganhar o necessário para o trem de vida que leva. Estamos na posse de elementos para alcançar o que quisermos, para reunirmos nas mãos a maior soma de ouro com que se possa sonhar. Isso, porém, nos seria de todo inútil. Para que necessitamos da mesquinha riqueza do mundo se nada não nos dá ela que se aproxime do que temos aqui?

– Por mais espantosa, Miss Jane, que seja a descoberta do professor Benson, espanta-me ainda mais o caráter das duas pessoas que estão no seu segredo. Podem ser tudo e não querem ser nada...

– Ser tudo!... Que significa ser tudo? Quando penso nas grandezas do mundo, rio-me delas...

Miss Jane conversou comigo por mais de uma hora sobre os mais variados assuntos. E explicou-me depois o funcionamento do aparelho, recorrendo às suas imagens habituais, tão pitorescas. A corrente perdia no globo de cristal a sua forma concentrada e visualizava-se como numa projeção de cinema, reproduzindo momentos da vida futura com a exatidão que vai ter um dia.

– Ficamos na posição de um espectador imóvel num ponto. Só vemos e ouvimos o que passa ao alcance dos nossos olhos ou soa ao alcance dos nossos ouvidos. Isso às vezes dificulta a compreensão de certos momentos da vida futura. Aparecem-nos coisas que não podemos compreender por falta dos elos anteriores da evolução. No ano 3527, por exemplo, vi na população da França evidentes sinais de mongolismo. Os trajes não lembravam nada do que usam hoje as criaturas em parte nenhuma da Terra, nem sequer pude perceber de que seriam feitos. Esqueci-me de dizer que o nosso aparelho não vai além do ano 3527. Sua potência para aí. Focalizado para o ano 3528 já dá uma visão de tal modo baça que não distinguimos nada. Ficamos, eu e meu pai, perplexos ante aquele mongolismo da França. Só depois, fazendo cortes menos recuados e combinando uns com os outros, conseguimos decifrar o mistério. Tinham-se derramado pela Europa os mongóis e se substituído à raça branca.

Não pude conter um gesto de espanto, e fiz tal cara que Miss Jane sorriu.

– Que horror! Vai então acontecer essa catástrofe? – exclamei.

A jovem sábia respondeu com serena impassibilidade:

– Por que catástrofe? Tudo que é tem razão de ser, tinha forçosamente de ser; e tudo que será terá razão de ser e terá forçosamente de ser. O amarelo vencerá o branco europeu por dois motivos muito simples: come menos e prolifera mais. Só se salvará da absorção o branco da América. E como esta, quantas revelações curiosas! Outra, que muito me impressionou, foi a transformação das ruas que se nota do ano 2200 em diante. Cessa a era dos veículos. Nada de bondes, automóveis ou aviões no céu.

– Como pode ser isso, Miss Jane? É quase um absurdo.

– Pois para lá caminhamos. Em cortes sucessivos que fiz de dez em dez anos observei a diminuição rápida dos veículos atuais. A *roda*, que foi a maior invenção mecânica do homem e hoje domina soberana, terá seu fim. Voltará o homem a andar a pé. O que se dará é o seguinte: o radiotransporte tornará inútil o corre-corre atual. Em vez de ir todos os dias o empregado para o escritório e voltar pendurado num bonde que desliza sobre barulhentas rodas de aço, fará ele o seu serviço em casa e o radiará para o escritório. Em suma: trabalhar-se-á a distância. E acho muito lógica esta evolução. Não são hoje os recados transmitidos instantaneamente pelo telefone? Estenda esse princípio a tudo e verá que imensas possibilidades quando à radiocomunicação se acrescentar o radiotransporte. Outrora, por exemplo, se o senhor Ayrton quisesse fumar um charuto tinha de mandar um criado buscá-lo à charutaria; hoje pede-o pelo telefone, mas o charuteiro ainda é obrigado a mobilizar um carregador para vir trazê-lo. O progresso foi grande, mas repare que atraso ainda! Mobilizar um homem, isto é, uma massa de sessenta ou setenta quilos de carne, fazê-lo dar mil ou cinco mil passos, gastando vinte ou trinta minutos da sua vida, só para transportar um simples charuto! Chega a ser grotesco...

– Realmente. Mas no futuro?

– No futuro o senhor Ayrton *fumará a distância*. Veja quanta economia de tempo e esforço humano!

Julguei que Miss Jane estivesse a caçoar comigo e até hoje permaneço na dúvida. Em seu rosto, porém, não vi a menor sombra de motejo.

– Pode ser, mas... – duvidei.

– Esse mesmo "pode ser, mas..." diria um romano do tempo de César se alguém lhe predissesse que um romano do tempo do óleo de rícino não precisaria sair de sua casa para conversar com um cidadão de Paris. Sabe o senhor Ayrton, no entanto, que isso é comezinho hoje e nem sequer admira ninguém.

– Falar é uma coisa e fumar é outra.

– *Hoje*, que só temos a radiocomunicação. Mas chegará o dia da radiossensação e do radiotransporte, com radical mudança do nosso sistema de vida. Os veículos ao sistema corrente desaparecerão um por um. Voltará o homem a caminhar a pé, por prazer, e as ruas se tornarão uma delícia. O senhor Ayrton sabe o que quer dizer uma rua hoje...

– Ninguém melhor do que eu, Miss Jane, pois desde menino vivo nelas. Que angústia, que permanente inquietação! Temos que andar com cinquenta olhos arregalados, para prevenirmos trancos e atropelamentos.

– Tudo isso desaparecerá, e adquirirão as cidades uma calma deliciosa, como hoje a de certas aldeias. Vi Nova York nesse período. Que diferença do atropelado e doido formigueiro de agora!

– Deve Miss Jane ter observado coisas maravilhosas!...

– Menos maravilhosas do que desnorteantes para as nossas ideias atuais. As invenções vão sobrevivendo no decurso do tempo, umas saídas das outras, e as coisas tomam às vezes rumo muito diverso do que a lógica, com ponto de partida no estado atual, nos faria prever.

O professor Benson reapareceu nesse momento e a conversa tomou outro rumo. Eu me achava na situação de um homem que ingerisse um estupefaciente desconhecido. Estava com a minha capacidade de assimilação de ideias esgotada e já com uma ponta de dor de cabeça a dar sinal de que o cérebro exigia repouso. Sem que eu o dissesse, o velho sábio, mais sua filha, compreenderam-no perfeitamente e dali até o jantar só me falaram de coisas repousantes.

À noite custei a conciliar o sono, o que era natural. Mas sinceramente o digo: o que mais me dançava na cabeça não era o desvendamento do futuro nem as suas abracadabrantes maravilhas, e sim a imagem de Miss Jane. A estranha criatura loura, de olhos tão azuis, impressionara por igual meu cérebro e meu coração. Comecei a ver nela o verdadeiro tudo; e se me dessem a opinar entre a posse da descoberta do professor Benson e o tê-la ao meu lado para o resto da vida, não vacilaria um instante na escolha.

Dormi por fim e, em vez de sonhar com o mundo futuro entrevisto na palestra da moça, sonhei no encanto do presente, todo resumido em conjugal convivência com o meigo anjo sábio.

CAPÍTULO VIII

A luz que se apaga

No dia seguinte, logo pela manhã, soou-me aos ouvidos uma novidade desagradável. Não passara bem a noite o professor Benson.

– Estou velho, meu caro senhor Ayrton – disse-me ele ao encontrar-se comigo. – Já sinto cá dentro a máquina funcionar com esforço. Jane ignora o meu estado, mas a pobre menina não me terá por muito tempo na terra. Ficará só. Dei-lhe, entretanto, tal educação, e possui ela tais qualidades de caráter que morrerei feliz. Saberá agir no mundo como se contasse sempre comigo.

Veio-me aos lábios um ímpeto de confidência. Quis apresentar-me ao professor como o braço forte que se ofereceria a Miss Jane quando o de seu pai viesse a faltar. Contive-me a tempo. Lembrei-me da minha insignificância e do pouquíssimo que eu ainda era naquele lar. Limitei-me, pois, a confirmar as ideias do velho em relação à filha, dizendo:

– Pelo que com ela conversei ontem tive a mesma impressão. É Miss Jane uma criatura superior, uma madame Curie capaz de prosseguir nos trabalhos de seu pai, se o quiser.

– Jane o quereria talvez, mas não posso consentir nisso. Bastam-lhe, para lhe encher a vida, as visões que já teve e a superioridade que adquiriu conhecendo o futuro próximo. Isso lhe permitirá pôr-se a salvo das contingências da necessidade. Possui Jane um caderninho onde anotou a cotação dos principais valores de Bolsa nestes próximos cinquenta anos. Está assim habilitada a ser a detentora do dinheiro que quiser. O dinheiro ainda é tudo para os homens. O estranho dote que deixo à minha filha se resume nesse caderninho de notas... Mas conheço Jane. Extremamente imune às ambições que atormentam o comum das mulheres, levará um viver apagado, sem exterioridade, toda entregue à vida cerebral, que a tem intensíssima.

O professor fez uma pausa, como se o esforço daquelas confidências o tivesse cansado. Depois disse:

– Realizei o que jamais sonhara nos delirantes sonhos da minha mocidade – e me vejo forçado a levar para o túmulo o grande segredo... Jane não o revelará a ninguém e ainda que o faça não estará na posse da solução técnica. O senhor Ayrton, única testemunha presencial de tudo, também o não revelará a ninguém.

– Proíbe-mo, professor?

– Não, não proíbo, já disse. Mas, se algum dia tiver a ingenuidade de o revelar a alguém, passará por louco e, se insistir, por louco varrido, dos que os homens metem nos hospícios. O instinto de conservação e de sociabilidade é que o vai impedir de revelar o que está vendo aqui.

Miss Jane entrou nesse momento e notei que o velho sábio se contrafazia diante da moça para não denunciar o seu estado de saúde. Apesar disso ela observou:

– Um pouco pálido, meu pai...

– Sim, mas estou perfeitamente bem. Temos aqui o senhor Ayrton e compete a ti, minha filha, organizar o programa do dia. Pouco posso acampanhá-los. Uma delicada experiência vai absorver-me por algumas horas.

Miss Jane olhou-me com os seus lindos olhos claros e disse:

– Escolha, senhor Ayrton. Ontem foi a teoria, hoje começa a ser a prática. Vai estudar uns cortes. Escolha um momento da vida futura que o interessa.

Miss Jane estava linda como a rosa desabrochada naquela manhã na roseira próxima do meu quarto. Meus olhos envolveram-na num véu de enlevo e se o coração pudesse falar ter-lhe-ia eu dito que só me interessava o presente nela concentrado. Mas respondi de outro modo.

– Sou um leigo em matéria de futuro, Miss Jane, e nem escolher posso. Deixo isso ao seu inteligente critério.

– Não tem vontade de ver o que se passará aqui, neste lugar onde estamos, no ano 3000?

– Já fizeste esse corte, Jane – interveio o professor.

– Fiz, sim, meu pai, mas será curioso repeti-lo para o senhor Ayrton.

– Perfeitamente – concordei. – Há sempre mais interesse para nós em ver assim futurizado um ponto nosso conhecido do que um desconhecido.

– Pois então – resolveu o professor Benson – comecem por aí e não contem comigo. Vou trabalhar.

Ergueu-se e saiu. Miss Jane acompanhou-o até a porta e ao tornar me disse:

– Acho meu pai um tanto abatido hoje. Já está nos 70 anos e velhice é doença...

Uma nuvem de melancolia sombreou-lhe os lindos olhos azuis e um breve suspiro lhe escapou do peito. Também eu no íntimo me sombreei de tristeza, embora mentisse exteriormente, nesse intuito de consolação fácil que tais lances impõem.

– Qual! – exclamei. – O professor é rijo. E com a vida calma que leva ainda viverá muito.

– Assim seja – murmurou Miss Jane –, porque não sei o que será de mim sem ele. Acho-me tão identificada com meu pai...

Arrisquei uma pergunta indiscreta:

– Nunca pensou em casamento, Miss Jane?

A moça entreparou, olhando-me entre admirada e divertida.

– Casamento? Ora que coisa interessante, senhor Ayrton!... Há de crer que é a primeira vez que tal palavra soa nesta casa? Ca-sa-men-to!...

E repetiu-a diversas vezes como se repetisse uma palavra de som esquisito e nunca antes pronunciada.

– Sim – continuei eu –, todas as moças se casam. O amor um dia vem e...

Miss Jane permaneceu alheada, como entregue a profundas cogitações interiores.

– "Todas as moças"... – repetiu. – Mas serei eu moça? Nunca me analisei, senhor Ayrton. Minha vida tem sido voar de século em século por esse futuro afora em companhia de meu pai. Sinto que sou apenas um espírito que observa e possui meios de visualizar o que está fora do alcance humano. Será isso ser moça? Amor!... Que é amor, senhor Ayrton? O seu vocabulário é tão novo para mim como deve ser para o seu espírito esta nossa mentalidade futurista. Mas vamos ao que serve. É tempo de operar um corte.

Miss Jane dirigiu-se ao gabinete do porviroscópio e eu acompanhei-a, tomado de espanto diante de um ser tão alheio ao seu tempo e à sua condição. Lá fora, amor e casamento constituem a obsessão única de todas as mulheres. Em criança, brincam de casar as bonecas. Núbeis, cuidam exclusivamente de casar a si próprias. Velhas, cuidam de casar ou descasar as outras. Havia, pois, uma mulher no mundo, e formosíssima, que não só não pensava em amor e casamento mas à qual tais expressões soavam como vozes inéditas... Era simplesmente prodigioso!

Diante do porviroscópio ela se deteve e depois de algumas explicações me fez colocar no ano 3000 o ponteiro. Em seguida viu num mapa a situação geográfica do ponto onde nos achávamos e ensinou-me a mover o ponteiro marcador das latitudes e longitudes.

– Pronto! – exclamou. – Basta agora abrir esta válvula. A corrente envelhecerá de 1074, que são quantos vão do ano em que estamos ao ano 3000. Envelhecerá e nos dará sinal disso automaticamente. Mas, como o envelhecimento de cada ano consome um minuto, teremos...

Tomou de um lápis e calculou, rápida.

– Teremos de esperar dezessete horas e cinquenta e quatro minutos. O relógio marca as nove e, pois, só conseguiremos ter cá o ano 3000 às nossas ordens entre meia-noite e uma da madrugada. Estou afeita a estas observações a qualquer hora da noite, mas não sei se para o senhor Ayrton não será incômodo...

– Absolutamente não. Só lamento não poder satisfazer já, já a minha curiosidade. Ver um pedaço da nossa Terra no ano 3000, que portentosa maravilha! Diga-me alguma coisa, Miss Jane, do que me vai ser revelado...

– Não. Não quero prejudicar a sua surpresa. Prefiro falar de aspectos que vi em outros tempos e outros países.

Lances há na vida absolutamente indeléveis. Essa tarde que passei com a filha do professor Benson, a ouvir-lhe as revelações do futuro, como esquecê-la jamais?

Não poderei reproduzir aqui tudo quanto ela me disse; seria compor um catálogo sem-fim. A invasão mongólica, o feroz industrialismo da Europa mudado em contemplativismo asiático, a evolução da América num sentido inteiramente inverso... quanta coisa formidável! Mas nada me interessou tanto como o drama do choque das raças nos Estados Unidos.

– Esse choque – disse Miss Jane – deu-se no ano 2228 e assumiu tão empolgantes aspectos que reduzido a livro dá uma perfeita novela. Não sei se o senhor Ayrton é literato...

– Já fiz um soneto na idade em que todos desovam sonetos...

– Pois se não é poderá tornar-se. O principal para uma novela é ter o que dizer, estar senhor de um tema na verdade interessante. Ora, eu fornecerei os dados dessa novela e o senhor Ayrton terá oportunidade ótima para apresentar-se ao mundo das letras com um livro que a crítica julgará ficção, embora não passe da simples verdade futura.

A ideia sorriu-me, e todo me lisonjeei com a opinião que Miss Jane fazia das minhas capacidades artísticas

– Quer tentar? – insistiu ela. – Contar-lhe-ei com a máxima fidelidade o que vai passar-se. De posse desse material, e depois de pessoalmente fazer vários cortes que o ajudem a formar ideia justa do ambiente futuro, atirar-se-á à tarefa. Desde já asseguro uma coisa: sairá novela única no gênero. Ninguém lhe dará nenhuma importância no momento, julgando-a pura obra de imaginação fantasista. Mas um dia a humanidade se assanhará diante das previsões do escritor, e os cientistas quebrarão a cabeça no estudo de um caso, único no mundo, de profecia integral e rigorosa até nos mínimos detalhes.

– Realmente! – exclamei. – Será romance como os de Wells, porém verdadeiro, o que lhe requintará o sabor. Quanta novidade!

– Os leitores andarão pulando de surpresa, e estou já a imaginar as caras de espanto que hão de fazer quando o senhor Ayrton falar, por exemplo, da cirurgia do doutor Lewis.

– Quem era?

– Oh, um mágico da anatomia, o primeiro que praticou o desdobramento do homem.

Franzi os sobrolhos.

– Desdobramento da personalidade? – perguntei.

– Sim, mas desdobramento anatômico. O doutor Lewis, sábio que começou a surgir em 2201, teve a ideia de romper com o plano simétrico do corpo humano. Possuímos dois olhos e dois ouvidos que agem como a parelha de cavalos a puxar no mesmo rumo o carro. Lewis alterou isso. Por meio de um delicado processo cirúrgico, desligou – desxifopagou os nervos ópticos e auditivos, dando autonomia aos dois ramos. Conseguiu destarte que o "desdobrado" pudesse ver uma coisa com o olho direito e outra com o esquerdo, e também ouvir às duplas, com a audição assim desligada.

Miss Jane fez breve pausa, como a recordar. Depois disse:

– Lembro-me que no escritório do *Intermundane Herald* observei o primeiro desdobrado em ação, primeiro e único aliás.

– *Intermundane Herald*, Miss Jane? Cheira-me isso a psiquismo...

– E cheira certo. Era um jornal de radiação metapsíquica, que veio atender à velha sede de liame com os vivos que os mortos sempre manifestaram. Em vez de as pobres almas penadas andarem pelo mundo em busca de mesinhas falantes e médiuns, único meio que possuem hoje de conversar conosco, liam o *Intermundane Herald*.

– E como se manifestavam? Pois não posso crer que também colaborassem nesse jornal...

– Disso se encarregava a Psychical Corporation, dona de grande estação central de Detroit. Afluíam os espíritos para ali e chamavam os vivos pela linha metapsicotônica internacional, como hoje nos chamamos pela linha telefônica.

O meu assombro era grande, embora tocado de uma pontinha de desconfiança. Estaria Miss Jane a mangar comigo? Olhei-a firme nos olhos. A lealdade que neles vi era a mesma de sempre.

– Mas – continuou ela –, voltando ao meu homem desdobrado, direi que pude observá-lo em ação no escritório do *Herald*. Estava à mesa de trabalho, a examinar com o olho direito uma gravura antiga e a consultar uma tábua de logaritmos com o esquerdo. Ao mesmo tempo ouvia a música da moda com o ouvido direito e com o esquerdo atendia a um colaborador do jornal. Ocupava-se em quatro coisas diversas, valendo assim por quatro homens não desdobrados.

– H...

– E não ficava nisso. Era bem um *Homo* elevado, não à quarta, mas à sexta potência, porque ainda recolhia a queixa de um dos espíritos leitores do *Herald* – espírito rabugento, a avaliar por certos ímpetos nervosos da mão que estenografava.

– E com a outra mão que fazia?

– Alisava meigamente um gatinho que lhe sentara no colo.

Encarei-a de novo, firme. Miss Jane não piscou. Logo, era verdade. A experiência dos olhos que piscam sempre me pareceu infalível na pesca dos potoqueiros.

– Mas não foi coisa que se generalizasse – continuou a moça. – A ruptura por intervenção humana dos planos normais da natureza nunca foi bem-sucedida. Sobrevinham sempre complicações imprevisíveis à argúcia dos sábios, e irremediáveis. Esse pobre desdobrado, por exemplo, acabou logo depois de maneira trágica. Em vez de persistir na sua sexta potência, *empastelou-se*, confundiu-se e acabou não sendo nem sequer um homem apenas, como antes da operação. A mais horrorosa demência veio destruir aquela obra-prima da cirurgia de 2228. Por esta amostra vê o senhor Ayrton quantos episódios interessantes podem enriquecer a sua novela – concluiu Miss Jane.

Fiquei de olhos parados, a cismar.

– Outra coisa que muito me maravilhou foi o Teatro Onírico – prosseguiu ela.

– Quê?

– O teatro dos sonhos.

– Fiquei na mesma...

– Descobriu-se um processo de fixar na tela os sonhos, como hoje o cinematógrafo fixa em filmes o movimento material. E dada a riqueza do nosso subconsciente, mar de onde emana o sonho, e mar profundo do qual a consciência não passa da exígua superfície, pode o senhor Ayrton imaginar que maravilhosas representações não se davam nesse teatro. Nem as *Mil e uma noites*, nem Edgard Poe – nada valia um só desses espetáculos onde o contrarregras se chamava Imprevisto. Tornou-se a arte suprema, a mais deleitosa de todas – e ainda uma ciência. A alma humana só deixou de ser o enigma que hoje é depois que pôde ser assim fotografada em suas manifestações de absoluta nudez. Até então apenas lhe conhecíamos as manifestações vestidas pela Censura, isto é, as suas atitudes.

Miss Jane pausou um bocado, enquanto eu refervia.

Era de maravilhar a transformação que se operava em mim! Vinte dias antes eu não passava de modesto empregado de rua de uma casa comercial – e estava agora na iminência de tornar-me autor de um livro assombroso, capaz de cobrir meu nome de glória. A ideia desvairou-me e a novela principiou a formar-se-me nos miolos com fragmentos de romances lidos em rodapé de jornais. O começo do primeiro capítulo chegou a traçar-se de chofre em minha cabeça:

– "Era por uma dessas tardes calmas de verão, em que o astro rei, rubro como um disco de cobre" etc.

Estava eu nesse devaneio quando um criado penetrou de surpresa no gabinete. Chamou de parte Miss Jane e disse-lhe algumas palavras agitadas. Sem pedir licença a moça retirou-se com precipitação.

Fiquei atônito, sem saber o que pensar. Delicada e fina como era, se assim se retirava de minha companhia sem o clássico e sorridente "com licença" é que algo de grave ocorria. Fiquei na minha poltrona ainda uns dez minutos com o ouvido atento aos menores rumores, tentando decifrar o mistério. O silêncio era absoluto; nem sequer se ouvia o zunzum do cronizador a trabalhar. Consultei o relógio.

– Dez e quinze. A corrente já está no ano 2001, pensei comigo, ano que não alcançarei. Mas meu filho Ayrton *Benson* Lobo o alcançará.

Pus-me a sonhar, e os sonhos logo me acalmaram a inquietação produzida pela inexplicável retirada de Miss Jane. Vi-me amado de tão gentil criatura e com ela casado. Por esse tempo já não fazia parte deste mundo o professor Benson. Setenta anos tinha ele; era natural que não durasse muito. Miss Jane ficava só na terra, sem relações sociais, sem sonhos de grandeza mundana. E não seria eu nessa época apenas o pobre-diabo que era, triste ex-empregado dos senhores Sá, Pato & Cia. Seria um autor, um romancista! Os jornais dariam meu retrato e me tratariam de "ilustre homem de letras". Talvez até cavasse a Academia. Uma situação social, sem dúvida, e das mais bonitas. Poderia aproximar-me da inconsolável menina e oferecer-me para seu companheiro de vida. Claro que Miss Jane aceitaria o meu coração. Viagens depois, mundo a correr – Paris, Nova York. Levaríamos conosco o caderninho das cotações...

– "Olá, senhor corretor, compro mil ações da Niagara Falls Company!"

A piedade do corretor vendo esta carinha chupada de brasileiro amarelo comprar ações de uma empresa cuja bancarrota estava iminente! Sorri-se lá consigo e vende-mas, piscando o olho para os seus auxiliares. No dia seguinte notícia nos jornais: *Uma jazida de platina encontrada nas terras da Niagara! As ações da companhia centuplicam de valor.* Reapareço no escritório do corretor atônito, a fumar um charuto imponente, e vingo-me do seu sorriso de véspera.

– "Hoje vendo, meu caro palerma. O brasileirinho amarelo hoje vende, sabe?..."

E lá deixo de novo as ações da Niagara e embolso milhões sonantes... Compro em seguida um iate, o mais belo e cômodo que houver...

No meu sonho julguei ser o capitão do iate e ia responder-lhe com uma ordem – "Rumo a boreste!", quando ao pé de mim vejo Miss Jane, muito transtornada de feições.

– Senhor Ayrton, meu pai passa mal! Venha vê-lo...

Corri atrás dela, tomado de negros pressentimentos. Penetrei no quarto do professor. Lá estava o bom velho no fundo da cama, muito desfeito, dando mais a impressão de um defunto que de um ser vivo.

– Quer que vá buscar um médico? – exclamei ansioso ao aproximar-me do enfermo.

– Não – respondeu lentamente a voz cava e débil do professor. – É inútil. Conheço o meu estado e sei que chegou o momento...

A moça atirou-se-lhe aos braços e cobriu-lhe o rosto de beijos convulsos.

– Boa Jane – disse ele –, é hora de separar-nos. Tenho confiança em ti e espero que passado o rude momento te conformes com a situação, buscando conforto no estoicismo que te ensinei e de que te dei exemplo em vida. Há já algum tempo que me sentia mal. Ocultava-o a ti para evitar-te um sofrimento inútil. Mas esta noite percebi que chegara o fim. Quando te deixei no gabinete com pretexto de concluir um trabalho, iludi-te, ou melhor, vim fazer um trabalho muito diverso do que poderias supor. Vim destruir a minha descoberta. Queimei toda a papelada relativa e desmontei as peças mestras dos aparelhos. O que resta nenhuma significação possui e não poderá ser restaurado. Desfiz em meia hora o trabalho de toda uma vida. Da minha invenção restam apenas as impressões que te ficaram na memória. E, quando por tua vez morreres, tudo se extinguirá...

– Meu pai! – exclamou Jane achegando o seu rosto afogueado à face descorada do velho.

– Teu pai, teu amigo, teu companheiro de trabalho...

Não pude conter-me diante do doloroso lance e grossas lágrimas brotaram-me dos olhos. O moribundo não esqueceu o hóspede. Volveu com esforço um olhar para o meu lado e disse em voz cada vez mais fraca:

– Adeus, Ayrton. O acaso o trouxe aqui para me ver morrer. Seja amigo de Jane. Adeus...

Um impulso atirou-me de joelhos ao pé do leito do moribundo; tomei-lhe as pálidas mãos e beijei-as tão enternecido como se beijara as de meu próprio pai.

– Adeus, Jane!... – foram suas derradeiras palavras.

Fechou os olhos e imobilizou-se. Minutos mais tarde estava apagada a luz daquele cérebro, o mais potente que ainda desabrochou no seio da humanidade...

CAPÍTULO IX

Entre Sá, Pato & Cia. e Miss Jane

Pobre moça!..., vinha eu pensando comigo ao voltar do enterro do professor Benson. Se é grande a dor de perder um bom pai, que dizer de quem perdia tal pai?...

De fato, quase que com seu pai perdera Jane sua razão de ser na vida. Desde menina se consagrara a estudos do porvir, e é natural que quem possui tal faculdade de previdência não se preocupe grande coisa com a atualidade. Para nós, encerrados nas quatro paredes dos cinco sentidos, o presente é tudo; mas quão pouco não será ele para uma criatura colocada no topo da montanha, podendo ver tanto a paisagem do que lá passou como a do que vai passar!

O mágico aparelho do professor Benson deixara de existir, e dele, como dissera o moribundo, só restavam as impressões subsistentes na memória da filha. Tinha Miss Jane, portanto, de refazer sua vida, adaptar-se à condição comum dos pobres seres humanos que só veem um palmo adiante do nariz.

– Está como eu – murmurei em solilóquio. – Passou também a pedestre...

Mas vi logo o falso da comparação. Eu podia com o tempo voltar à casta dos rodantes, adquirindo novo automóvel. Miss Jane nunca mais alcançaria a onividência...

O castelo ficava a três quilômetros de Friburgo, pela estrada onde se dera o meu desastre. Ao passar por essa estrada reconheci o ponto e parei à borda do desbarrancado. Estavam ainda patentes os sinais do trambolhão.

– Estranhos caminhos da Interferência! – exclamei comigo mesmo. – Para ver a maravilha das maravilhas e conhecer a mulher que me está iluminando a alma e talvez faça de mim um romancista, foi mister que eu passasse por este precipício aos trancos e lá fosse parar semimorto ao fundo da barroca...

Logo adiante, dobrada uma curva da estrada, vi erguer-se o vulto misterioso do castelo, com suas torres metálicas. Parei tomado de viva emoção. Olhei para a singular fábrica e perdi-me em pensamentos de saudade e incerteza.

Entre aquelas paredes duas nobres criaturas humanas me haviam abrigado com extremos de carinho; trataram-me do corpo, salvaram-me a vida e não satisfeitas ainda me revelaram o segredo irrevelado. No castelo conheci a mulher divina que jamais sairá do meu coração. Lá estive em minha casa, como no seio da minha verdadeira família...

Mas quão tudo mudara! Eu não podia mais continuar naquela situação de hóspede depois de morto o hospedeiro. Tinha que afastar-me dali – afastar-me do lugar que era na verdade o meu verdadeiro lugar na terra...

O coração confrangeu-se-me dolorosamente e foi com o olhar sombrio e a cabeça baixa que transpus de novo os umbrais do castelo.

Chamei um criado. Por coincidência apareceu o surdo-mudo que me acompanhara na primeira saída pelos campos. Esqueci-me dessa circunstância e perguntei-lhe:

– Não será possível falar a Miss Jane?

O criado também se esqueceu de que era surdo-mudo e tornou:

– Acho inconveniente. Miss Jane recolheu-se em tal estado de abatimento que nenhum de nós se atreve a perturbá-la.

Vi que o homem tinha razão. Pedi-lhe papel e, ali mesmo no vestíbulo, tracei o seguinte bilhete:

"Com o coração alanceado Ayrton despede-se de Miss Jane. Volta ao seu fado anterior, cheio, pelo resto da vida, dos sentimentos de gratidão e enlevo que os donos deste castelo encantado lhe despertaram na alma. Se acha Miss Jane que o hóspede ocasional lhe merece alguma coisa, permita-lhe que a venha ver de vez em quando".

Entreguei-o ao criado e saí.

Estava outra vez na rua – e nunca avaliei tão bem a sensação do decair. Quando o anjo mau se viu expulso do paraíso a sua impressão deve ter sido igual à minha...

Na curva da estrada volvi um último olhar ao castelo. Lágrimas me vieram aos olhos, e foi com a infinita tristeza de um corvo triste que alcancei a estação de Friburgo. Rodei para o Rio.

Ao apresentar-me no escritório da firma o assombro do senhor Sá foi enorme. Olhou-me com os olhos arregalados, como se visse aparecer um espectro; depois vincou a testa de todas as temíveis rugas com que tanto nos apavorava e disse:

– Muito bem, senhor Ayrton Lobo! Sempre contei com a sua presteza, quando o senhor me andava a pé. Agora, que se deu ao luxo de um automóvel, gasta-me vinte e tantos dias numa simples cobrança e aparece-me com essa cara de cachorrinho que me quebrou a panela!

Me, me, me, me... tudo para aquele homem se relacionava egoisticamente à sua pessoa...

Procurei acalmar-lhe a fúria, contando do desastre e da minha internação numa casa acolhedora. Mas o éter em vibração que era o senhor Sá fora evidentemente interferido por uma rabanada de saia das fúrias de Ésquilo. Em vez de aceitar a minha escusa, o homem redobrou de acusações.

– E por que não me preveniu? Um empregado decente, logo que se vê numa situação dessas, a primeira coisa que faz é avisar aos patrões. Pensa então o senhor que isto aqui é brincadeira? Não sabe que somos uma firma séria e temos o direito de ser bem servidos? Está despachado. Não nos servem empregados da sua ordem.

Nesse momento um rumor muito meu conhecido denunciou a presença da outra parte da firma. Era o senhor Pato que chegava. Ao vê-lo surgir à porta, dentro do seu formidável fraque de elasticotine de cem mil-réis o metro e todo reluzente de penduricalhos de ouro maciço, confesso que tremi. Olhou-me o homem de alto a baixo, fulminantemente, e sem dizer palavra foi para um canto confabular com o sócio.

Não sei o que disseram. Só sei que ao cabo de dois minutos o senhor Sá voltou-se para mim e indagou:

– E o seu automóvel?

– Perdi-o... – respondi com voz sumida.

Sá trocou com o sócio um olhar risonho e irônico; em seguida, divertido lá no íntimo por uma ideia, humanizou-se.

– Pode ficar na casa, senhor Ayrton, mas compreende o caro amigo que não nos é possível pagar a um moço que anda a pé o mesmo ordenado que pagávamos a um que tinha automóvel próprio...

Pronunciou um "próprio" de boca cheia, trocando com o Patão um novo olhar de malícia.

Resignei-me, já que precisava viver. E murcho, de cabeça baixa, com o espírito a agarrar-se à lembrança de Miss Jane, reassumi na casa as minhas velhas funções.

A semana toda passei-a na rua a trabalhar como um autômato. Meu pensamento fugia para longe do que eu executava. Impossível fixá-lo nas reles coisas que me mandavam fazer, quando havia um ponto luminoso a atraí-lo como ímã. Impossível tomar a sério os negócios de Sá, Pato & Cia. depois do deslumbramento daquelas semanas no castelo. Eu já não era mais o mesmo. Era um ser que se dilatara imensamente – e que esperava...

Executei mal as minhas comissões e sofri do senhor Sá várias reprimendas. Ouvia-as, porém, tão absorto nos meus pensamentos que não poderei reproduzir nada do que ele me disse.

Eu aguardava ansioso a chegada do próximo domingo. Iria novamente rever o castelo e extasiar-me ainda uma vez diante da imagem querida.

O domingo chegou. Fui. Miss Jane recebeu-me no gabinete e fez-me sentar na poltrona onde me achava no momento em que o criado a chamou. Encontrei-a serena e resignada, embora com todos os estigmas da sua grande dor impressos na fisionomia. Seus olhos denunciavam o cansaço das lágrimas.

Permaneci calado por uns instantes, sem ter o que dizer. Quem rompeu o silêncio foi ela.

– Obrigada, senhor Ayrton. A sua visita me fará bem, me acalmará os nervos, coisa que nunca supus que tivesse... A minha solidão é hoje extrema. Como castigo de ter tido às mãos o tudo, vejo-me agora sem nada. Este casarão vazio... os laboratórios já sem função... o porviroscópio, onde passei anos a me deslumbrar com visões inéditas, morto, reduzido a simples matéria inerte, sem alma... A alma de tudo era meu pai...

Alcancei a situação da querida criatura e foi com a alma à boca que lhe disse:

– Compreendo como ninguém o seu caso, Miss Jane, e sei que até hoje no mundo pessoa alguma num só dia perdeu tanto. Horas apenas convivi com o professor Benson e apesar disso a sua lembrança viverá em mim como não vive a de meu pai. Imagino, pois, a falta que faz ele à sua filha, à sua companheira de estudos e visões...

Miss Jane sacudiu a cabeça como a espantar ideias importunas. Depois esboçou o sorriso mais triste que ainda vi. E com um suspiro murmurou:

– Paciência. Meu pai ensinou-me o estoicismo, mas é bem difícil o estoicismo nos grandes momentos de dor. O estoicismo é uma atitude...

Três horas passei em companhia da desolada jovem e consegui afinal distrair o seu espírito contando-lhe o meu reaparecimento no escritório. Chegou a sorrir quando lhe desenhei a imagem hipopotâmica do senhor Pato, todo a reluzir berloques de ouro maciço.

– Que felicidade ser como esse homem, agir como ele, formar de si próprio a ideia que ele forma! – comentou Miss Jane. – Ignora tudo, mas não tem a sensação disso. Meu pai era o contrário. Levava ao extremo oposto o conceito da sua própria pequenez – e o senhor Ayrton sabe que se houve no mundo criatura *mais* que todas as outras foi meu pai... Imagine se tomba nas mãos desse senhor Pato a máquina de sondar o futuro!

– Aplicá-la-ia em enriquecer-se como dez Cresos, pendurando no corpo tanta quinquilharia de ouro que quando andasse na rua havia de tilintar. E a pobre humanidade, assombrada, era bem capaz de meter-se de joelhos à sua passagem, certa de que ressurgira no mundo o Bezerro de Ouro disfarçado em homem.

– Bem razão tinha meu pai em não tornar pública a sua descoberta. Só mesmo um espírito de eleição como o dele poderia resistir às tentações resultantes – concluiu Miss Jane.

Soube nesse domingo muitos detalhes curiosos da vida do professor Benson e de como chegara à descoberta da onda Z, ponto de partida para o mais.

– Foi o psiquismo que lhe revelou essa onda que resume e reflete a vida universal do momento. O fato de certos indivíduos agirem como polarizadores de uma força desconhecida impressionara profundamente a sua agudíssima inteligência. Meteu-se a estudar o fenômeno sob uma luz nova e chegou a apreendê-lo de modo integral. Pobre pai!

Falamos depois do nosso romance sobre o choque das raças na América.

– Sim – disse Miss Jane animando-se. – Continuo a pensar que o senhor Ayrton não deve perder a oportunidade. Ouvirá de mim tudo o que sei a respeito e escreverá um livro deveras interessante. Não lhe prometo já, já fazer essas revelações. Neste meu estado, compreende que me seria penoso. Mas o tempo cicatriza, eu sei, e lá chegaremos. Para mim será até um derivativo à dor da saudade. Dizem que recordar é reviver e eu pressinto que minha vida vai resumir-se nisso: recordar, reviver o que tenho acumulado na memória. Venha todos os domingos e creia que sua presença me será sempre agradável – além de que estamos ligados pelo grande segredo...

CAPÍTULO X

Céu e purgatório

Regressei à cidade alegre como um pardal depois da chuva. As palavras de Miss Jane valeram-me pela abertura do céu. Com que prazer não trabalharia a semana toda estimulado pela perspectiva de vê-la cada domingo! A firma chegou a notar o meu assanhamento. O senhor Sá olhou-me de soslaio e murmurou para o sócio de fraque:

– Parece que o seresma viu passarinho verde...

Custou a passar o tempo, tanto a minha impaciência alongava as horas. Mas passou e no domingo, depois de apurar-me na toalete como nunca, e lançar ao pescoço uma gravata nova verde-oliva com pintas de tom mais sombrio, voei, positivamente voei, ao castelo dos meus sonhos.

Já mais senhora de si, nesse dia Miss Jane não falou tão exclusivamente de seu pai. Muito falou dele ainda, mas também discorreu de outros assuntos, dando começo afinal às revelações que me serviriam de base à novela.

Antes de mais nada externou-se quanto à situação presente do povo americano – e com palavras que me derrancaram as ideias. Sim, porque eu tinha a ingenuidade de possuir ideias assentes sobre o povo americano, apesar da mais absoluta ignorância da psíquica e rumos que levava esse povo. Ideias pegadas no ar do escritório, nas palestras dos cafés, na leitura de jornais redigidos por criaturas tão ignaras como eu, ideias que se nos grudam ao cérebro como o pó do asfalto nos adere ao rosto nos dias de calor. Do senhor Sá, por exemplo, ouvi dizer do americano (não a mim, está claro, que me não daria essa honra, mas ao senhor Pato): "Povo sem ideais, o mais materialão da terra. A gente do *the biggest*..."

Era Sá quem o dizia e pois a afirmação me penetrou nos miolos como a própria Certeza. Nesse mesmo dia, num café, como na roda em que me achava se falasse da América, repeti a esmo, entre duas baforadas de um cigarro:

– Povo sem ideais, o mais materialão da terra. A gente do *the biggest*...

Causou sensação, e é provável que algum dos presentes fosse repetir além a bela síntese dos meus patrões – e por aqui se vê como certas ideias circulam à maneira de moeda e vão enriquecer o patrimônio ideológico de um povo...

Quando Miss Jane abordou o assunto e de chofre perguntou-me que é que eu pensava do americano, imediatamente a bela síntese sapatesca me veio aos lábios:

– Povo sem ideais, o mais materialão da terra, a gente do *the biggest*... – murmurei com ênfase.

O efeito, porém, falhou. Pela primeira vez não vi na cara de um interlocutor a expressão aprovativa a que eu já me afizera. Miss Jane, ao contrário, sorriu com o inesquecível sorriso do professor Benson e disse:

– Essa ideia não pode ser sua, senhor Ayrton. Soa-me a frase feita, das que se recebem no ar sem exame. A um povo que tenta romper com o álcool acha sem ideais? Poderá haver maior idealismo que o sacrifício de formidáveis interesses materiais do presente em vista de benefícios que só as gerações futuras poderão recolher? Se o senhor Ayrton observar um pouco a psique americana verá, ao contrário, que é o único povo idealista que floresce hoje no mundo. Único, vê? Apenas se dá o seguinte: o idealismo dos americanos não é o idealismo latino que recebemos com o sangue. Possuem-no de forma específica, próprio, e de implantação impossível em povos não dotados do mesmo caráter racial. Possuem o idealismo orgânico. Nós temos o utópico. Veja a França. Estude a Convenção Francesa. Sessão permanente de utopismo furioso – e a resultar em que calamidades! Por quê? Porque irrealizável, contrário à natureza humana. Veja agora a América. Em todos os grandes momentos da sua história, sempre vencedor o idealismo orgânico, o idealismo pragmático, a programação das possibilidades que se ajeitam dentro da natureza humana. Leia Emerson e leia Rousseau. Terá os expoentes de duas mentalidades polares. Não acha o senhor Ayrton que é assim?

Apressei-me em achar, se não de todo convencido ao menos vencido por tão ardorosos argumentos. Espantaram-me a fluidez, a clareza, o ímpeto com que Miss Jane discordara. Vi bem clara a diferença que existe entre ter ideias próprias, frutos fáceis e lógicos de uma árvore nascida de boa semente e desenvolvida sem peias ou imposições externas – e ser "árvore de Natal", museu de ideias alheias pegadas daqui e dali, sem ligação orgânica com os galhos, de onde não pendem de pedúnculos naturais e sim de ganchinhos de arame. E comecei a aprender a também ser árvore como as que crescem no campo, e a deixar-me engalhar, enfolhar e frutificar livremente por mim próprio. Sinto hoje que a minha árvore mental cresce desafogada no sítio tanto tempo ocupado por uma árvore-cabide, onde Sás, Patos *et caterva* penduravam papel-ideias, coisa pior que o papel-moeda. Foi com Miss Jane que aprendi a pensar.

– Idealista como nenhum outro povo – prosseguiu ela –, e do único idealismo verdadeiramente construtor da atualidade. Acompanhe a vida de Henry Ford, por exemplo, estude-lhe as ideias. Verá que nelas estão todas as soluções que no seu desvario de doida a Europa procura no despotismo. Por mais audacioso que nos pareça o pensamento de Henry Ford, que é ele senão o reflexo do mais elementar bom senso? Todos nós, creia, senhor Ayrton, temos conosco essas ideias, à primeira vista tão novas. No entanto, tamanha é a crosta que nos recobre o bom senso natural que Ford nos parece um messias da Ideia Nova. Há um aparelho de limpar os tubos das caldeiras por onde passa a chama vinda da fornalha. Esses tubos, com o tempo, vão se encrostando de resíduos carbônicos e acabam por se obstruírem. É necessário a espaços proceder-se a uma limpeza. Embora o uso das máquinas de vapor já seja bem velho, só recentemente se inventou o meio prático de desencrostá-las: o martelo trepidante. Ford me dá a sensação desse instrumento. É o martelo trepidante que nos desencrosta os tubos do cérebro, obstruídos pela fuligem das ideias falsas. Ninguém melhor do que eu poderá dizer isto de Henry Ford, porquanto devassei o futuro e por toda a parte vi reflexos do seu pensamento. É pois o melhor tipo atual do idealista orgânico. Sonha, mas sonha a realidade de amanhã. A desaglomeração da indústria urbana, por exemplo, a estandardização de todos os produtos, a indústria posta na base de uma associação de três sócios – trempe que abrange todas as classes sociais, a simplificação da vida pela eliminação dos milhares de coisas inúteis que hoje consomem tanto material e energia, tudo isso vi realizado no futuro e, no meu entender, com ponto de partida no idealismo pragmático de Henry Ford.

– Realmente!... – exclamei. – Agora vejo que fazemos cá uma ideia apressada desse povo.

Eu me sentia cada vez mais desencrostado das minhas ideias falsas ante a vibração do gentil martelinho trepidante que era Miss Jane.

– E o mundo americano não podia deixar de ser assim, senhor Ayrton – continuou ela. – Note apenas: que é a América senão a feliz zona que desde o início atraiu os elementos mais eugênicos das melhores raças europeias? Onde há força vital da raça branca senão lá? Já a origem do americano entusiasma. Os primeiros colonos, quais foram eles? A gente do *Mayflower*, quem era ela? Homens de tal têmpera, caracteres tão shakespearianos, que entre abjurar das convicções e emigrar para o deserto, para a terra vazia e selvagem onde tudo era inospitalidade e dureza, não vacilaram um segundo. Emigrar ainda hoje vale por alto expoente de audácia, de elevação do *tônus* vital. Deixar sua terra, seu lar, seus amigos, sua língua, cortar as raízes todas que desde a infância nos prendem ao solo pátrio, haverá maior heroísmo? Quem o faz é um forte, e só com esse fato já revela um belo índice de energia. Mas emigrar para o deserto, deixar a pátria pelo desconhecido, isto é formidável!

– Realmente, realmente...

– Pois bem – continuou Miss Jane –, o processo inicial da América tornou-se o processo normal do seu acrescentamento no decorrer da história. Ondas sucessivas dos melhores elementos europeus para lá se transportaram. Depois vieram as leis seletivas da emigração, e as massas que a procuravam, já de si boas, viram-se peneiradas ao chegar. Ficava a flor. O restolho voltava... Note o enriquecimento de valores humanos que isso representou para aquela nação.

Miss Jane falava com tanta alma, havia em suas palavras tal força persuasiva, que senti um ímpeto de revolta contra o senhor Sá. Se esse homem me aparece naquele momento, eu era capaz de erguer contra ele a minha outrora tão humilde mão!

– E hoje – prosseguiu Miss Jane –, hoje que se deslocou para lá o centro econômico do mundo? Reflita um bocado na significação, não digo do povo americano, mas do fenômeno americano – o fenômeno eugênico americano. Estados Unidos querem hoje dizer um imenso foco luminoso num mundo de candeeiros de azeite e velas de sebo. Todas as mariposas da Terra têm os olhos fixos no deslumbrante foco – todos os artistas, todos os sábios, todos os espíritos animados da centelha criadora, que na sua pátria não encontram condições propícias de desenvolvimento. Lá, a manhã radiosa de sol. No resto do mundo, várias espécies de crepúsculos... Cada vez mais vai sendo a Europa drenada de seus melhores elementos – as suas mariposas –, e a Europa acabará amarelada pela pigmentação mongólica. Isso vi eu já bem denunciado nos cortes feitos no século XXV.

– Mas, Miss Jane – atrevi-me a dizer –, não é lógico que também invada a América esse asiatismo entrevisto?

– Lógico por quê? O lógico é que da semente da couve nasça o pé de couve e da do jequitibá nasça o jequitibá. A semente americana lançada em Plymouth era sã e era de jequitibá. O espírito de casta matou a Ásia – do espírito de classe morrerá a Europa. A semente de que nasceu a América não continha em seus cotilédones essas venenosas toxinas.

– Mas deu origem a classes também...

– Deu origem a classes, é certo, e os interesses das classes se tornaram antagônicos. Mas o espírito de exame dos fatos – e outra coisa não quer dizer o idealismo orgânico – interveio a tempo e harmonizou tais interesses. Quando Ford provou que não há hostilidade entre o capital e o trabalho e sim mal-entendido – e o provou com o fato da sua formidável realização –, todos os olhos se abriram, e a indústria, até ali Moloch devorador da classe que produz e da que consome em proveito da que detêm os meios de produção, passou a ser a mais harmonizada das associações. Esse maravilhoso remédio criou a grande barreira contra o asiatismo invasor e ergueu a América do século XXV à posição de um mundo sadio e vivo dentro de um marasmo fatalista.

– Está tudo muito bem – adverti eu –, mas nos Estados Unidos não penetraram apenas os elementos espontâneos que Miss Jane aponta. Entrou ainda, à força, arrancado da África, o negro.

– Lá ia chegar. Entrou o negro e foi esse o único erro inicial, cometido naquela feliz composição.

– Erro impossível de ser corrigido – aventurei. – Também aqui arrostamos com igual problema, mas a tempo acudimos com a solução prática – e por isso penso que ainda somos mais pragmáticos do que os americanos. A nossa solução foi admirável. Dentro de cem ou duzentos anos terá desaparecido por completo o nosso negro em virtude de cruzamentos sucessivos com o branco. Não acha que fomos felicíssimos na nossa solução?

Miss Jane sorriu de novo com o meigo e enigmático sorriso do professor Benson.

– Não acho – disse ela. – A nossa solução foi medíocre. Estragou as duas raças, fundindo-as. O negro perdeu as suas admiráveis qualidades físicas de selvagem e o branco sofreu a inevitável piora de caráter, consequente a todos os cruzamentos entre raças díspares. Caráter racial é uma cristalização que às lentas se vai operando através dos séculos. O cruzamento perturba essa cristalização, liquefa-a, torna-a instável. A nossa solução deu mau resultado.

– Quer dizer que prefere a solução americana, que não foi solução de coisa nenhuma, já que deixou as duas raças a se desenvolverem paralelas dentro do mesmo território separadas por uma barreira de ódio? Aprova, então, o horror desse ódio e todas as suas tristes consequências?

– Esse ódio, ou melhor, esse orgulho – respondeu Miss Jane, serena como se a própria Minerva falasse pela sua boca – foi a mais fecunda das profilaxias. Impediu que uma raça desnaturasse, descristalizasse a outra, e conservou ambas em estado de relativa pureza. Esse orgulho foi o criador do mais belo fenômeno de eclosão étnica que vi em meus cortes do futuro.

– Mas é horrível isso! – exclamei revoltado. – Miss Jane, um anjo de bondade, defende o mal...

Pela terceira vez a moça sorriu com o sorriso do professor Benson.

– Não há mal nem bem no jogo das forças cósmicas. O ódio desabrocha tantas maravilhas quanto o amor. O amor matou no Brasil a possibilidade de uma suprema expressão biológica. O ódio criou na América a glória do eugenismo humano...

Como era forte o pensamento de Miss Jane! Dava-me a sensação dos fenômenos naturais, ora da brisa que passa e treme a folha das árvores, ora do jorro de sol que tudo ilumina. Seus olhos fulguravam e por vezes eu sentia neles o ímpeto sereno que os poetas gregos atribuíam a Palas. Meu sentimentalismo sofria com isso. "Poderia vir a amar-me uma criatura assim, tão alta de cérebro?" Tudo me levava a crer que não, e apesar disso eu esperava...

– Entre dar uma solução inepta e não dar solução nenhuma, o americano optou pela última alternativa – continuou Miss Jane.

– Quer dizer que eternizou o problema – concluí vitorioso.

– A sua eternidade, senhor Ayrton, é bem precária. Durará apenas mais 302 anos. O inevitável choque das duas raças dar-se-á em 2228, e a solução...

– Já sei qual será! – exclamei muito lampeiro. – Um massacre em massa, uma chacina horrorosa!...

– Nada disso.

– Expulsam os negros de lá, então! – adverti apressadamente, na minha ânsia de adivinhar.

– Nada, nada disso.

Parei atrapalhado, mas num clarão apresentou-se-me a terceira hipótese.

– Dividem o país em duas partes, a negra e a branca!

– Nada, ainda. Creio que por mais esforços que o senhor Ayrton faça não adivinhará.

Refleti alguns instantes a ver se me ocorria uma quarta hipótese. Não ocorreu coisa nenhuma e confessei-me vencido.

– Se a solução não vai ser alguma destas, quer dizer que o caso fica insolúvel – rematei.

– Ao contrário. Será solvido da maneira mais completa, sem sacrifício dos negros existentes e sem transigência dos brancos. O orgulho é criador, senhor Ayrton, e, além disso, extremamente engenhoso...

Era hora de retirar-me.

Beijei a mão de Miss Jane e saí pela estrada afora a parafusar no tremendo quebra-cabeça. Depois volvi para ela os meus pensamentos e passei a semana inteira a recordar as suas palavras e gestos, num grande enlevo de alma. O senhor Sá notou-o e disse ao sócio:

– Isto ou é amor ou é espinhela caída.

Era amor. Em tudo eu via Miss Jane. Nas moças que se cruzavam por mim nas ruas eu só via os traços que tinham de comum com Miss Jane – esta a linha dos ombros; aquela o tom dos cabelos. Meus sonhos se complicavam estranhamente, mas neles Freud leria claro como numa cartilha infantil. O mundo futuro me surgia caótico, informe, com chins em Paris e homens sem pressa em Nova York, a conversarem sentados no meio das ruas – e que ruas! Wall Street, Broadway...

Depois surgia Miss Jane como o Tudo e eu mergulhava em êxtase.

Amor! Amor!

CAPÍTULO XI

No ano de 2228

Voltei ao castelo e minha amiga deu começo enfim às suas revelações sobre o choque das raças.

– Decifrou o quebra-cabeça? – perguntou-me logo que entrei.

– É dos indecifráveis – respondi –, dos indecifráveis para quem não inventou nenhum porviroscópio. Um ponto, entretanto, me intriga. Acho que a população negra da América é muito pequena em relação à branca para que possa jamais constituir perigo.

– Seria assim, de fato – emendou a moça –, se com o crescer do país a proporção se conservasse sempre a mesma. Não foi exatamente isso o que se deu. Enquanto a corrente imigratória europeia trazia ondas e mais ondas de brancos a somarem-se aos já estabelecidos no país, nada alarmava, nem deixava vislumbrar um futuro agravamento da situação. Mas essas ondas foram diminuindo em virtude dos obstáculos opostos à entrada de imigrantes, e por fim sobreveio um maquiavélico sistema de drenagem. Em vez de entrada franca a quem quisesse vir localizar-se no país, organizou o governo americano em todas as nações do Velho Mundo um serviço de importação de valores humanos, consistente em atrair para lá a fina flor eugênica das melhores raças europeias. Já aliviada do seu ouro em favor da América, viu-se a Europa também aliviada da sua elite.

– Desnataram a pobre Europa! Só deixaram no Velho Mundo o soro...

– Isso mesmo. Daí a qualificação de maquiavélico dada ao sistema. Os mais perfeitos tipos de beleza plástica, as mais fortes inteligências, os mais puros valores morais eram descobertos onde quer que florescessem e seduzidos, de modo a, mais cedo ou mais tarde, se localizarem na Canaã americana. Por fim achou-se o país bastante povoado; e a mentalidade proibicionista, assustada com o espectro do superpovoamento, suplantou a imigracionista. Fecharam-se todas as portas ao fluxo europeu e a nação passou a crescer vegetativamente apenas. Data daí a "inflação do pigmento".

Até essa época a população negra representava um sexto da população total do país. A predominância do branco era pois esmagadora e de molde a não arrastar o americano a ver no negro um perigo sério. Mas com o proibicionismo coincidiu o surto das ideias eugenísticas de Francis Galton. As elites pensantes convenceram-se de que a restrição da natalidade se impunha por 1.001 razões, resumíveis no velho truísmo: qualidade vale mais que quantidade. Deu-se então a ruptura da balança. Os brancos entraram a primar em qualidade, enquanto os negros persistiam em avultar em quantidade. Foi a maré montante do pigmento. Mais tarde, quando a eugenia venceu em toda a linha e se criou o Ministério da Seleção Artificial, o surto negro já era imenso.

– Ministério da Seleção Artificial?

– Sim. O grande ministério, o verdadeiro fator da espantosa transformação sofrida pelo povo americano. O seu espírito criador, a coragem de enveredar por sendas novas sem esperar que outros o fizessem primeiro, deu àquele povo um enorme avanço sobre os demais.

Essas restrições melhoraram de maneira impressionante a qualidade do homem. O número dos malformados no físico desceu a proporções mínimas sobretudo depois do ressurgimento da sábia lei espartana.

– A que matava ao nascedouro as crianças defeituosas? – exclamei arrepiado. – Tiveram eles a coragem de fazer isso?

– Se o senhor Ayrton visse, como eu vi, o resultado dessa e de outras leis semelhantes, só se admiraria da estupidez do homem em retardar por tanto tempo a adoção de normas tão fecundas. Entre cortar no início o fio da vida a uma posta de carne sem sombra de consciência e deixar que dela saia o ser consciente que vai vegetar anos e anos na horrível categoria dos "desgraçados", a crueldade está no segundo processo. A lei espartana reduziu praticamente a zero o número dos desgraçados por defeito físico. Restavam os desgraçados por defeito mental.

– De número infinito...

– Esses foram impedidos de se reproduzirem pela Lei Owen, fruto das grandes ideias pregadas por Walter Owen. Walter Owen foi o verdadeiro remodelador da raça branca na América. Apareceu cento e poucos anos antes do choque das raças com o seu famoso livro *O direito de procriar*, onde lançava os fundamentos do Código da Raça, conjunto de leis tão sábias e fecundas em resultados que, podemos dizer, a Era Nova da raça humana datou da sua promulgação. A Lei Owen, como era chamado esse Código da Raça, promoveu a esterilização dos tarados, dos malformados mentais, de todos os indivíduos em suma capazes de prejudicar com má progênie o futuro da espécie. Só depois da aplicação de tais leis é que foi possível realizar o grandioso programa de seleção que já havia empolgado todos os espíritos. Os admiráveis processos hoje em emprego na criação dos belos cavalos puros-sangues passaram a reger a criação do homem na América.

– E lá se foram os peludos!...

– Exatissimamente... Desapareceram os peludos – os surdos-mudos, os aleijados, os loucos, os morféticos, os histéricos, os criminosos natos, os fanáticos, os gramáticos, os místicos, os retóricos, os vigaristas, os corruptores de donzelas, as prostitutas, a legião inteira de malformados no físico e no moral, causadores de todas as perturbações da sociedade humana. Essas leis está claro que eram fortemente restritivas da natalidade, sobretudo no começo, quando havia quase tanto joio quanto trigo. Crescer para a América não equivalia mais a avultar às tontas em número, como hoje, e sim a elevar o índice mental e físico dos seus habitantes. Os Estados Unidos (e o Canadá, que já se fundira neles) cresciam dessa maneira admirável, se bem que incompreensível para nós hoje, que vivemos em plena licenciosa anarquia procriadora.

Miss Jane tomou fôlego e prosseguiu:

– Mas... o "mas" perturbador de todos os cálculos humanos surgiu. Apesar de submetida aos mesmos processos restritivos dos brancos, a raça negra começou desde logo a apresentar um índice mais alto de crescimento. A proporção do negro puro relativa ao branco subiu a um quinto, a um quarto, a um terço, e por fim chegou à metade... Quer dizer que o binômio racial, desprezado na era do crescimento imigratório e descurado no início do regime seletivo, passou a entrar na fase aguda do "resolve-me ou devoro-te".

– Em quantos eram calculados os negros nesse momento?

– Na era em que tomamos este corte anatômico do futuro, ano 2228, as estatísticas apresentavam dados alarmantes. Negros, 108 milhões; brancos, 206 milhões. E como o coeficiente da natalidade negra acusasse uma nova subida, o instinto de conservação dos brancos eriçou-se nos primeiros arrepios da legítima defesa. Dos muitos alvitres propostos para de uma vez por todas arrancar a América do seu beco sem saída predominavam duas correntes de ideias contrárias, conhecidas por "solução branca" e "solução negra". A solução branca...

– Já sei! – exclamei aflito por acertar uma só vez que fosse. – A solução branca era expatriar o negro!...

– Muito bem! – confirmou Miss Jane, alegre de ter-me proporcionado um inocente prazer mental. – Queriam os brancos a expatriação dos negros para o...

– Vale do Amazonas! – exclamei de novo, radiante do meu sucesso anterior e esperançoso de segunda vitória. Dias antes eu lera não sei onde uma qualquer coisa que me deixara entrever isso.

– Bravos! Nesse andar vai o senhor Ayrton substituir com vantagem o nosso porviroscópio perdido. Para esse vale, sim. O antigo Brasil cindira-se em dois países, um centralizador de toda a grandeza sul-americana, filho que era do imenso foco industrial surgido às margens do rio Paraná. Com as cataratas gigantescas ao longo do seu curso, acabou esse fecundo Nilo da América transformado na espinha dorsal do país que em eficiência ocupava no mundo o lugar imediato aos Estados Unidos. O outro, uma república tropical, agitava-se ainda nas velhas convulsões políticas e filológicas. Discutiam sistemas de voto e a colocação dos pronomes da semimorta língua portuguesa. Os sociólogos viam nisso o reflexo do desequilíbrio sanguíneo consequente à fusão de quatro raças distintas, o branco, o negro, o vermelho e o amarelo, este último predominante no vale do Amazonas.

Não pude deixar de estremecer diante das revelações de Miss Jane sobre o futuro do meu país.

– Que tristeza, Miss Jane! – exclamei compungido. – Pois vai dar-se isso então?

– Não vejo motivos para a sua tristeza – respondeu ela. – Acho até que a divisão do país constituiu uma solução ótima, a melhor possível, dado o erro inicial da mistura das raças. A parte quente ficou a sofrer o erro e suas consequências; mas a parte temperada salvou-se e pôde seguir o caminho certo. A sua tristeza vem da ilusão territorial. Mas reflita que a muita terra não é que faz a grandeza de um povo e sim a qualidade dos seus habitantes. O Brasil temperado, além disso, continuou a ser um dos grandes países do mundo em território, visto como fundia no mesmo bloco a Argentina, o Uruguai e o Paraguai.

Enchi-me de orgulho patriótico e sem querer levantei-me da cadeira com um hurra entalado na garganta.

– Vencemos a Argentina, então? Conquistamos todo o Prata?

– Errou desta vez, senhor Ayrton. Não houve guerra, nem conquista de qualquer espécie. Os povos deste Sul abriram os olhos a tempo, viram que a espinha dorsal da zona era o rio Paraná e foram-se arrumando ao longo das suas quedas como costelas, formando um todo único, mais ligados pelos interesses econômicos e geogáficos do que por vínculos de sangue.

– Mas a velha rivalidade entre brasileiros e argentinos?

– Não passava de uma ingênua voz do sangue. Brasileiros e argentinos, descendentes de lusos e espanhóis, encampavam sem o saber o velho antagonismo que sempre dividiu a Península Ibérica. Mas tantas ondas de sangue novo despejou cá a imigração que o elemento inicial luso-espanhol foi suplantado e não teve forças para perpetuar a ingênua rivalidade hereditária.

– Mas por que dividiram o Brasil? – perguntei ainda mal consolado. – Era só povoar o Norte da mesma maneira que o Sul...

– Um país não é povoado como se quer, senhor Ayrton, ou como apraz aos idealistas. Um país povoa-se como pode. No nosso caso foi o clima que estabeleceu a separação. Dos europeus só os portugueses se aclimavam na zona quente, onde, graças às afinidades com o negro, continuaram o velho processo de mestiçamento, acabando por formar um povo de mentalidade incompatível com a do Sul.

Mas voltemos à América do Norte. O nosso caso é o americano. Mais tarde revelarei ao senhor Ayrton o que se passou no Brasil e como surgiu a grande República do Paraná. Estávamos na solução branca, e direi que todos os brancos americanos só queriam uma coisa: exportar, despejar os cem milhões de negros americanos no vale do Amazonas. Isso, entretanto, constituía uma empresa formidável, ou melhor, impraticável, não só em virtude de tremendas dificuldades materiais como por ferir de face a Constituição americana. O pacto fundamental do grande povo era profundamente sábio, tão sábio que conseguira elevar a antiga colônia inglesa à liderança universal e, pois, gozava de um respeito na verdade supersticioso. Essa carta impedia uma duplicidade de tratamento para cidadãos iguais entre si perante a sua serena majestade de lei substantiva.

Já os negros se batiam por uma solução muito mais viável e justa. Queriam a divisão do país em duas partes, o Sul para os negros e o Norte para os brancos. Alegavam que era a América tanto de uma raça como de outra, visto como saíra do esforço de ambas; e, já que não podiam gozar juntas da obra feita em comum, o razoável seria dividir-se o território em dois pedaços. Mas, como os brancos preferiam continuar no *status quo* a resolver o caso por esse processo, o problema racial permanecia de pé, cada vez mais ameaçador.

Dez anos antes começara a aparecer na cena americana um vulto de excepcional envergadura: Jim Roy, o negro de gênio. Tinha a figura atlética do senegalês dos nossos tempos, apesar da modificação craniana sofrida por influência do meio.

Tal modificação o aproximava do tipo dos antigos aborígenes encontrados por Colombo. Era esse, aliás, o tipo predominante no país inteiro, e cada vez mais acentuado depois que a interrupção da corrente imigratória permitiu um evoluir étnico não perturbado por injeções estranhas. Até na tez levemente acobreada começava a transparecer nos americanos a misteriosa influência do ambiente geográfico.

– Engraçado! Quer dizer que com o tempo todos iam virando índios...

– Não quer dizer bem isso, e sim que se aproximavam um pouco do tipo ameríndio, no que pude observar. Talvez que dentro de vinte ou trinta mil anos a sua hipótese esteja realizada. Infelizmente o aparelho que meu pai construiu não ia além do ano 3257.

Em Jim Roy a sua semelhança com um mestiço de senegalês e pele-vermelha (coisa impossível, pois de há muito já não existia um só índio na América) acentuava-se pela cor da pele, nada relembrativa da cor clássica dos pretos de hoje.

– Influência do meio?

– Não. Não foi isso milagre da influência do meio, nem era coisa singular, privativa de Jim Roy. Quase toda a população negra da América apresentava pele igual à sua. A ciência havia resolvido o caso da cor pela destruição do pigmento. De modo que, se Jim Roy aparecesse diante de nós hoje, surpreenderia da maneira mais desconcertante, visto como esse negro de raça puríssima, sem uma só gota de sangue branco nas veias, era, apesar de ter o cabelo carapinha, horrivelmente esbranquiçado.

– Albino?

– Não albino. Esbranquiçado – um pouco desse tom duvidoso das mulatas de hoje que borram a cara de creme e pó de arroz...

– Barata descascada, sei.

– Mas nem eliminando com os recursos da ciência o característico essencial da raça deixavam os negros de ser negros na América. Antes agravavam a sua situação social, porque os brancos, orgulhosos da pureza étnica e do privilégio da cor branca ingênita, não lhes podiam perdoar aquela *camouflage* da despigmentação.

Era Jim Roy na realidade um homem de imenso valor. Nascera fadado a altos destinos, com a marca dos condutores de povos impressa em todas as facetas da sua individualidade. Como organizador e *meneur* talvez superasse os mais famosos organizadores surgidos entre os brancos. A história da humanidade poucos exemplos apresentava de uma eficiência igual à sua. Consagrara-se desde muito jovem à execução de um plano de gênio, traçado nas linhas mestras com a mais perfeita compreensão do material humano sobre que pretendia agir.

– Está me lembrando o velho Moisés...

– Jim Roy conseguira o milagre da associação integral da população negra sob a bandeira de um partido político cujas forças, coletadas por extensa cadeia de agentes distritais, vinham, como fios telefônicos, ter à estação central da sua chefia suprema. Sempre sábias e construtoras, suas instruções desciam com autoridade de dogmas sobre todas as células da Associação Negra (era o nome do partido) e as fazia moverem-se como puros autômatos. Esta abdicação, ou melhor, esta sujeição consciente e consentida de todas as vontades a uma vontade única aperfeiçoara-se de tal modo que no ano da tragédia a situação política dos Estados Unidos passou de fato a depender do líder negro.

– Passou a depender dele como? Pois não eram os negros apenas cem para duzentos milhões de brancos?

– Não se impaciente, senhor Ayrton. Temos que ir por partes. Disse eu que a situação política da América passou a depender de Jim Roy e foi fato. Mas antes de lá chegarmos temos que fazer um rodeio político. Gosta de política, senhor Ayrton?

– Nem eleitor sou, Miss Jane.

– E de política feminina?

– Essa desconheço. Suponho, entretanto, que há de ser mais felina que a dos homens...

CAPÍTULO XII

A simbiose desmascarada

– Mais felina, sim, e muito mais pitoresca – prosseguiu Miss Jane. – Não imagina o senhor Ayrton como o cérebro da mulher é rico de estratagemas, e com que ardor conduzem elas uma campanha política. Vinha daí que o próximo pleito se desenhava renhidíssimo. Ia a República dos Estados Unidos eleger dentro de poucos dias o seu 88º presidente, proporcionando assim a um mundo perturbado por sucessivas mudanças de forma política um exemplo de fixidez na forma inicial só comparável ao passado monárquico da Inglaterra. Os velhos partidos Democrático e Republicano haviam se fundido num forte bloco sob a denominação de Partido Masculino. Mesmo assim não se via seguro da vitória, porque o partido contrário, o Feminino, dispunha de maior número de vozes. Estava pois em jogo o prestígio político do homem, batido pelo da mulher em todos os campos de atividade e a defender agora o seu último reduto – a presidência da República. Até então nenhuma mulher conseguira alcançar o posto supremo, embora no pleito anterior Miss Evelyn Astor houvesse perdido por insignificante minoria.

– Quem era essa bicha? Alguma chefa do Partido Feminino?

– Sim, uma chefa que insistia na sua candidatura, e agora com mais probabilidade de vitória, visto como era possível que o grande líder negro se deixasse levar pela sedução dos seus argumentos e desse apoio ao Partido Feminino.

Do outro lado o senhor Kerlog, presidente em exercício e candidato à reeleição, só via possibilidade de êxito se obtivesse o concurso de Jim, como sucedera no pleito anterior.

As melhores estatísticas davam ao Partido Masculino 51 milhões de vozes, ao Partido Feminino 51 e meio, e à Associação Negra, contados os votantes de ambos os sexos, 54 milhões. A próxima eleição dependeria pois exclusivamente da atitude do grande negro.

– Miss Evelyn Astor! – exclamei. – Lindo nome. Já me estou simpatizando por essa criatura, que talvez esteja no meu próprio calcanhar. Havia de ser linda, não?

– De fato, nessa criatura habilíssima, rica de todos os dotes da inteligência, da cultura e da maquiavélica sagacidade feminina, se juntava um elemento perturbador, novo no jogo político presidencial: a sua rara beleza física.

Embora, graças à vitória da eugenia, fosse regra a beleza, em vez de exceção como hoje, mesmo assim a formosura de Miss Evelyn Astor se destacava de modo obsedante. Ninguém a defrontava sem se sentir envolvido por uma aura de harmonia transfeita em força de dominação.

Em todas as épocas as mulheres dotadas de beleza sempre dominaram, atrás dos tronos como favoritas, na sociedade como cortesãs, no lar como boas deusas humanas, mas sempre por intermédio do homem – o déspota, o amante, o marido, detentores em sua qualidade de machos de todas as prerrogativas sociais. No futuro a dominação da beleza feminina não se fará mais por intermédio do macho. Era da Harmonia, a beleza se tornará uma força pura, como pura expressão que é da harmonia.

Nesse ano de 2228 já a mulher vencera o seu estágio de inferioridade política e cultural, consequência menos de uma pretensa inferioridade do cérebro, como dizia Miss Elvin...

– Miss Elvin?

– Espere. Menos de uma pretensa inferioridade de cérebro do que de uma organização cerebral *diversa* da do homem e, portanto, inapta a produzir o mesmo rendimento quando submetida ao mesmo regime de educação. Miss Elvin... Como está assanhado o senhor Ayrton! Não se contentou com a mulher futura que já lhe dei, Miss Astor, e quer outra?

Que ilusão a de Miss Jane! Eu queria apenas, de todas as mulheres passadas, presentes e futuras, uma só – a que me falava naquele momento, tão alheia às emoções borbulhantes em meu coração...

– Miss Elvin era a autora de *Simbiose desmascarada*, um livro que graças à alegria do estilo e ao fulgor dos argumentos vinha causando verdadeira reviravolta no público. A ideia central de Miss Elvin cifrava-se em que a mulher *não constituía a fêmea natural do homem*, como a leoa o é do leão, a galinha do galo, a delfina do delfim. A fêmea natural do homem *ele a repudiara em época recuadíssima* – e tudo levava a crer na extinção desse pobre animal. Repudiara-a e tomara para si, como os antigos romanos fizeram às sabinas, a fêmea de um outro mamífero de vagas semelhanças anatômicas com o *Homo*. Supunha Miss Elvin que seriam anfíbios esses "sabinos" pré-históricos, assim romanamente despojados das suas fêmeas. E, recriando a imaginação com um pouco de fantasia, chegou a descrever num segundo livro de igual sucesso o "massacre dos sabinos" quando do seio das ondas acudiram às praias em defesa das raptadas metades. Vinha daí o caráter ondeante da mulher. "*She was false as water*", já o dissera Shakespeare.

– Que topete! – exclamei. – Pelo que vejo as mulheres do futuro não beneficiaram grandemente os miolos com o remédio da eugenia...

– O senhor Ayrton está um pouco passadista e corre muito depressa no Ford das suas conclusões – respondeu Miss Jane com doce ironia. – Nada há mais fecundo do que a ventilação das ideias aceitas do que o abalo violento em certas bases mentais. Põe-nas à prova e revelam-lhes alguma racha ou lacuna, se as há. Com o seu exagero, Miss Gloria Elvin não ressuscitou o sabino – mas quantas consequências indiretas não brotaram da sua revolta!

– Retiro o topete, Miss Jane; continue.

– Pois o *Homo* suplantou o mamífero adverso e de posse da fêmea alheia veio através das idades *tentando um equilíbrio sexual impossível*. A falsa fêmea, o ser estranho ligado a ele por simbiose, sempre resistiu ao seu domínio, apesar de um processo de domesticação multimilenar. Todas as formas de vida em comum, todos os modos de associação sexual existentes na natureza foram tentados sem sucesso. O harém muçulmano, a poligamia, a monogamia, a bigamia, a poliandria, o hetairismo, nada produzia bons resultados; e a mulher, por voz unânime dos poetas e pensadores, se viu classificada como um ser *incompreensível.*

– Miss Elvin desvendou o mistério. Não era um ser incompreensível. Era apenas *diferente.*

– Mais fraca em força física e, portanto, *escravizável*, a sabina defendeu-se da tirania do raptor com o manejo de uma arma perigosíssima, a *dissimulação* – reflexo ainda do caráter ondeante do seu elemento primitivo, o mar. Quando no mundo surgiu o feminismo, toda a gente supôs que a solução do problema da mulher estava em nivelá-la ao homem pela cultura e igualdade de direitos. Erro cascudo, demonstrou Miss Elvin. A cultura como a criara o homem não se adaptava ao cérebro da mulher, de funcionamento especialíssimo e sempre influenciado por certas glândulas misteriosas. Falhou por isso o feminismo. De toda a sua agitação só veio a resultar uma coisa: a feminista, a odiosa mulher-homem, que pensava com ideias de homem, usava colarinhos de homem, conseguindo com isso apenas...

– ... não ser homem nem mulher – concluí eu, lembrando-me de uma sufragista do meu conhecimento.

– Perfeitamente. Os estudos de Miss Elvin modificaram por completo os termos da equação sexual. Basta de simbiose, dizia ela; basta de vida em comum em troca de serviços recíprocos. A mulher passa doravante a viver vida autônoma; e, se ainda permanece ao lado do "gorila" no antigo *status quo* sexual, será a título provisório apenas e em vista unicamente dos interesses proliferantes das espécies respectivas. Porque Miss Elvin não perdia a esperança de *promover o descobrimento e a ressurreição do sabino pré-histórico...*

– Irra! – exclamei com uma pontinha de despeito. – Está aí: a coisa única que o homem jamais previu: o surto de uma espécie rival!

– De fato. Os arrojos de Miss Elvin punham calafrios na espinha do *Homo.* Ela tirava todas as consequências lógicas da sua teoria, chegando ao extremo de pregar guerra de morte contra o "insolente raptor".

Miss Astor era elvinista e, pois, a sua candidatura à presidência inquietava de modo duplo o Partido Masculino. Sua vitória coroaria o movimento feminino com a única sanção que lhe faltava, a do poder; seria, senão o crepúsculo do domínio dos homens (já de bases corroídas pelas vitórias parciais da mulher), pelo menos uma humilhante diminuição.

O problema americano se complicava, assim, da mais imprevista maneira. Além do aspecto étnico – o inevitável choque da raça branca com a negra –, surgira o aspecto, como direi?, *especial*, isto é, o conflito das duas espécies de mamíferos – *Homo* e *Sabinas* – cuja simbiose fora denunciada.

O líder masculino, o presidente Kerlog, tinha esperanças de um acordo com Jim Roy. Jim era homem e havia de inclinar-se para a facção do seu sexo. Com Miss Evelyn Astor é que não enxergava possibilidades de entendimento. Tivera com a formosa antagonista uma conferência, mas a sua impressão, resumida em poucas palavras na presença do ministério, fora inquietante.

– "Não nos entendemos", declarou ele. "As palavras que nós homens usamos têm na boca de Miss Astor um sentido diverso. Em certo ponto tive a sensação de que estávamos eu a falar inglês e ela a responder-me em hebraico, língua que positivamente desconheço. Estou quase convencido de que nasceu nas mulheres alguma glândula nova..."

– "Ou perderam alguma glândula velha", rosnou da sua poltrona Berald Shaw, o pachorrento ministro da Equidade.

CAPÍTULO XIII

Política de 2228

– Nessa mesma reunião ministerial – prosseguiu Miss Jane –, o presidente Kerlog teve palavras de fazer refletir os ouvintes.

– "O nosso predomínio vejo-o ameaçado, se não de ruína, pelo menos de fundas transformações. Avoluma-se a onda negra – e a ela resistiríamos se a cisão elvinista não viesse enfraquecer o nosso peso político. Mas o eleitorado branco está cindido, e agora mais que nunca vai funcionar a massa negra como o fiel da balança dos destinos da América. Venceremos, pois, o concurso de Roy, embora negaceado para nos extorquir concessões, virá infalivelmente à última hora. Imagino com que horror não verá ele os progressos do sabinismo! Mas havemos de confessar que é precária a situação do nosso partido, com a vida assim dependente da boa vontade de um manhoso líder negro..."

– Que concessões queria Jim Roy? – perguntei.

– Essa mesma pergunta fez ao senhor Kerlog o ministro da Seleção Artificial. "Quer", respondeu o presidente, "uma *entente* no terreno seletivo. Insiste na atenuação da Lei Owen".

Os rigores desta lei tinham-se agravado no ano anterior, com o fim muito claro de fazer cair o índice do crescimento negro. Isso contrariava a política racial de Jim Roy, toda resumida em favorecer a expansão do seu povo até o ponto que lhe permitisse forçar o branco à divisão do país.

Por coisa nenhuma queriam os brancos transigir no terreno restritivo da Lei Owen – seria um suicídio. Mas a situação metera a política naquele buraco: ou ceder às exigências de Jim Roy ou assistir à vitória das mamíferas rebeldes.

Quando o presidente terminou a sua exposição, calaram-se os ministros por algum tempo, de queixo preso. Qualquer das hipóteses não agradava ao macho branco. Mas como a sabedoria pragmática consiste em acudir primeiro ao perigo mais próximo, foi acordado ceder às exigências do líder negro.

Os ministros retiraram-se dessa reunião de tal modo apreensivos que não viram, no quadro onde se estampavam de minuto em minuto as comunicações dos agentes do governo, um rádio que naquele momento acabava de inscrever-se em letras luminosas: *Miss Astor está em conferência com Jim Roy.*

O presidente Kerlog fixou os olhos no quadro informativo e permaneceu uns instantes a morder uma espátula de vidro flexível como aço.

– "Não a entendi", murmurou, "não nos entendemos em nossa conferência. Mas com Jim vai ela falar a velha linguagem inteligível..."

Mordiscou ainda por algum tempo a espátula. Depois ergueu-se, risonho.

– "Mas não vencerá o orgulho sexual de Roy! Jim Roy é homem e vê como eu o perigo da vitória sabina..."

– Que curioso devia ter sido esse encontro de Miss Astor com Jim Roy, dois seres tão distantes! – disse eu.

– Realmente – concordou Miss Jane. – O vê-los um defronte do outro no gabinete de trabalho da grande elvinista lembrava acareação de garça do Amazonas com raposa branquicenta da Sibéria. Eram dois seres sem a menor aproximação de aparências externas, formando um quadro próprio como nenhum outro para ilustrar a teoria de Miss Elvin. Parecia até inconcebível que por tanto tempo fossem as duas criaturas classificadas na mesma espécie pela ciência macha. A radiosa beleza da *Sabina mutans* (assim a zoologia de Miss Elvin classificava a ex-fêmea do *Homo sapiens*) irradiava um verdadeiro halo de fascínio. Criatura nenhuma envolvida por essa aura conseguia libertar-se dos seus amavios magnetizadores. Miss Astor, se falava, não era por necessidade de falar, porque convencia pela presença. Mas achava-se naquele momento em face do talvez único representante da espécie antagonista imunizado contra a ação catalisadora da beleza. Jim Roy valia pelo símbolo da força. A raça espezinhada confluíra-se toda nele, transformando-o num feixe de energias indomáveis. Em toda a sua vida pública jamais esse negro dera um só passo ou pronunciara uma só palavra que se não norteasse pela grande ideia que trazia embutida no cérebro. Não era um indivíduo, Jim. Era a própria raça negra por um milagre de compressão posta inteira dentro de um homem.

Miss Astor o sentiu imediatamente. Percebeu que tinha diante de si uma força insubornável e inseduzível. E, compreendendo o inútil dos volteios de onda em torno de rocha tão dura, abordou de frente o assunto.

– "O choque das raças vai dar-se", disse ela. "Precipita-se. Será um conflito tremendo, *mas só no caso de estar no poder o homem branco, criador do ódio ao negro.* Tudo mudará, se em vez desse implacável inimigo comum estivermos no poder nós mulheres."

Jim Roy franziu os sobrolhos.

– "Inimigo comum, sim", prosseguiu Miss Astor. "Ambas somos suas escravas; mas se a escravização dos teus, Jim, data de séculos, a nossa data de milênios. Caso o poder supremo venha ter às mãos da mulher, o choque se atenuará, porque saberemos ser conciliantes, e haverá enorme economia de sofrimento futuro, se operar-se sem demora a aliança política do elvinismo com o elemento negro. Acresce uma circunstância: os negros são conhecedores dos processos do macho branco e sabem muito bem o que dele podem esperar. Mas desconhecem os processos femininos; dada a contradição de ideias e sentimentos que hoje afasta as sabinas do gorila evoluído, só têm vantagens a esperar da vitória elvinista."

E foi por aí além Miss Astor. Mostrou-se palavrosa e abundante, visto que sentia falhar ante a firmeza do grande líder negro o prestígio da sua "ação de presença".

Jim Roy ouviu-a com serena impassibilidade, sem que um sorriso ou ruga de apreensão lhe quebrasse a calma das feições, e ao responder limitou-se a promessas ondeantes, fechado em fórmulas vagas e de duplo sentido.

Finda a conferência, Miss Astor permaneceu imóvel na sua poltrona, a refletir.

– "Como este diabo assimilou bem a língua da velha diplomacia, a língua que parecendo dizer alguma coisa não dizia nada!"

E quando naquele mesmo gabinete se reuniram suas amigas e colaboradoras, ansiosas por conhecerem os resultados da *entente* com Jim Roy, foi com o olhar cismarento que Miss Astor murmurou:

– "Qualquer coisa me diz que o líder negro incuba um plano secreto..."

– "Contra quem?"

– "Ignoro-o. Nada há a deduzir das suas palavras, perfeitas palavras de diplomata. Mas o meu senso divinatório não mente. Jim vai trair..."

CAPÍTULO XIV

Eficiência e eugenia

– O aspecto da vida americana – continuou Miss Jane – mudara muito por efeito das invenções e de um grande princípio peculiar ao *yankee*.

Quem olhasse de um ponto elevado o panorama histórico dos povos, veria, na França, uma flâmula com três palavras; na Inglaterra, um princípio diretor, Tradição; na Alemanha, uma fórmula, Organização; na Ásia, um sentimento, Fatalismo. Mas ao voltar os olhos para a América perceberia fluidificado no ambiente um princípio novo – Eficiência.

Só a América encontrara o Sésamo que abre todas as portas. Só a América, portanto, era Ação num mundo a insistir em caminhos errados e sempre a oscilar entre dois polos – Agitação Estéril e Marasmo Fatalista.

O princípio da Eficiência resolvera todos os problemas materiais dos americanos, como o eugenismo resolvera todos os seus problemas morais. Na operosidade e uniformidade do tipo, aquele povo lembrava a colmeia das abelhas. Quase não havia distinguir um indivíduo de outro, pois tomar um homem ao acaso era ter nas mãos uma poderosa unidade de eficiência dentro de um admirável tipo de ariano pele avermelhado.

As mulheres não mais evocavam fisicamente as suas avós, magras umas, outras gordas, esta toda nádegas, aquela uma tábua ou de enormes seios e dentes de cavalo – verdadeira coleção de monstruosidades anatômicas. Nem recordavam socialmente as pobres cativas de antes, forçadas a girar no triângulo de ferro – casamento, celibato à força ou promiscuidade.

Finas sem magreza, ágeis sem macaquice, treinadas de músculos por meio de sábios esportes, conseguiram alcançar a beleza nervosa das éguas puro-sangue – o que trouxe a decadência do hipismo. Já não necessitavam os homens dedicar-se aos cavalos para satisfação da ânsia secreta da beleza perfeita...

– Que pena ter-se perdido o porviroscópio do professor Benson! – exclamei. – O que eu não daria para uma espiadela nesse maravilhoso futuro!... Lindas, então, assim? – perguntei levemente assanhado.

– E hábeis – respondeu Miss Jane. – Competiam com o homem em todas as profissões num absoluto pé de igualdade, realizando o velho ideal da independência. Os filhos lhes pertenciam e não ao genitor, sistema matriarcal muito mais dentro da natureza, visto como o filho é mais da mãe do que do pai na proporção de nove meses para meio minuto.

Tossi uma tossezinha de encomenda; Miss Jane não o percebeu e continuou:

– O característico mais frisante dessa época, todavia, estava na organização do trabalho. *Todos* produziam. Muito cedo chegou o americano à conclusão de que os males do mundo vinham dos três pesos mortos que sobrecarregavam a sociedade – o *vadio*, o *doente* e o *pobre*. Em vez de combater esses pesos mortos por meio do *castigo*, do *remédio* e da *esmola*, como se faz hoje, adotou solução muito mais inteligente: suprimi-los. A eugenia deu cabo do primeiro, a higiene do segundo e a eficiência do último. Aliviada da carga inútil que tanto a embaraçava e afeiava, pôde a América aproximar-se de um tipo de associação já existente na natureza, a colmeia – mas a colmeia da abelha que raciocina.

– Que maravilha! – exclamei pesaroso de ter vindo ao mundo cedo demais. – E o governo, Miss Jane? Deixou de ser essa calamidade que é hoje?

Os princípios da eficiência também haviam penetrado no organismo governamental. Deixou o governo de sugerir a lembrança dos hediondos "sistemas de parasitismo" de outrora e de hoje, como a realeza de França ou o devorismo orçamentário de certas repúblicas nossas conhecidas, onde fazer parte do Estado é conquistar o direito à inação da piolheira vitalícia – dormir, apodrecer na sonolência da burocracia que não espera, não deseja, não quer, não age – suga apenas. Tudo isso desapareceu, todas essas baixas formas de parasitismo. Tornou-se o Estado americano uma organização em coisa nenhuma diversa das organizações particulares. Apenas maior e com funções privativamente suas.

– Sempre sob o sistema representativo?

– Sim. O sistema representativo persistiu. Mas só eram eleitos homens cujo viver social os apontava como seres de escol pela força e equilíbrio do cérebro. Não constitui uma situação sujeita a disputas, o ser deputado ou senador. Era uma contingência. Os homens de elite viam-se colocados nesses postos naturalmente, como o melhor músico das orquestras sobe naturalmente à cadeira da regência. O equilíbrio mental tornou-se perfeito – mas apenas da parte dos homens. As mulheres, não obstante o levantamento físico e moral, permaneciam variáveis como no tempo de Francisco I.

– *Souvent femme varie...*

– Sim. Conquistaram a mais perfeita igualdade de direitos, mas ondeavam, arrastadas pelo vento das ideias. Trocaram o *souvent* do bom Francisco I pelo *toujours* de Miss Elvin. Como a simplicidade dos trajes fizera desaparecer a hoje obsedante preocupação da moda, talvez em virtude do vinco mental, elas mudaram a moda para o campo das ideias. O elvinismo, por exemplo, avassalou as mulheres americanas com a tirania do nosso cabelo *à la garçonne*. Excelentes mães de família e ótimas esposas batiam-se pelo "sabino" com inconsciência de pasmar. Mas chegadas em casa despiam o cérebro da extravagância e beijavam na testa o *Homo* que na rua vinham de condenar como "infame raptor".

O órgão de Miss Elvin – *Remember Sabino!* – mantinha a exaltação dos espíritos num constante estado de fervura.

– Ainda havia jornais nesse tempo?

– Sim, mas jornais nada relembrativos dos de hoje. Eram radiados e impressos em caracteres luminosos num quadro mural existente em todas as casas.

– E os cegos?

– O cego ficou para trás. Cegueira, mudez, surdez, estupidez, tudo isso não passava de reminiscências de um tempo de que os homens sorriam com piedade.

O rádio que temos hoje é um simples ponto de partida. Vale como valem para a eletricidade moderna as primeiras experiências de Volta. Descobriram-se novas ondas, e o transporte da palavra, do som e da imagem, do perfume e das mais finas sensações táteis passou a ser feito por intermédio delas. A consequência lógica foi uma grande transformação da vida. Pelo sistema atual vai o homem para o serviço, para o teatro, para o concerto – um ir e vir que constitui um enorme desperdício de energia e é o criador dos milhões de veículos atravancadores do espaço, bondes, autos, bicicletas, trens, aviões e outros. Com a fecunda descoberta das ondas hertzianas e afins, e sua consequente escravização aos interesses do homem, o ir e vir forçado se reduziu à escala mínima. O serviço, o teatro, o concerto é que *passaram a vir ao encontro do homem*. Foi espantosa a transformação das condições do mundo quando a maior parte das tarefas industriais e comerciais começou a ser feita de longe pelo radiotransporte. Para dar uma ideia do que isso representava de economia de esforço e tempo, basta vermos o que era o jornal de Miss Elvin. Pelo sistema atual, o colaborador ou escreve em casa o seu tópico ou vai escrevê-lo na redação; depois de escrito, passa-o ao compositor; este o compõe e passa-o ao formista; este o enforma e passa-o ao tirador de provas; este tira as provas e manda-o ao revisor; este o revê e envia-o ao corretor; este faz as emendas e... e a coisa não acaba mais! É uma cadeia de incontáveis elos, isto dentro das oficinas, pois que o jornal na rua dá início à nova cadeia que desfecha no leitor – correio, agentes, entregadores, vendedores, o diabo.

– Já estive numa oficina de jornal e sei o que é isso. Puro inferno...

– Pois toda esta complicação desapareceu. Cada colaborador do *Remember* radiava de sua casa, numa certa hora, o seu artigo, e imediatamente suas ideias surgiam impressas em caracteres luminosos na casa dos assinantes.

– Que maravilha!...

– Sim, não houve indústria que como a do jornal não sofresse a influência simplificadora do radiotransporte – e isso tirou ao viver quotidiano a sua velha feição de atropelo e tumulto.

As ruas tornaram-se amáveis, limpas e muito mansas de tráfego. Por elas deslizavam ainda veículos, mas raros, como outrora nas velhas cidades provincianas de pouca vida comercial. O homem tomou gosto no andar a pé e perdeu os seus hábitos antigos de pressa. Verificou que a pressa é índice apenas de uma organização defeituosa e antinatural. A natureza não criou a pressa. Tudo nela é sossegado. Parece coisa muito evidente isto; no entanto foi a maior descoberta que fez o povo mais apressado do mundo...

– Realmente! – exclamei, chocado pelo imprevisto daquele aspecto do futuro. – Eu que por assim dizer moro na rua, só com este quadro da rua futura já me estou assombrando com o horror da rua moderna. E, no entanto, se Miss Jane nada me revelasse continuaria a ter como muito natural o tumulto de hoje...

– O hábito não nos deixa ver os defeitos, e daí a vantagem de convulsões como a de Miss Elvin. O grande obstáculo ao progresso sempre foi o hábito, a ideia feita, a preguiça de constante exame do único problema material da vida – o do transporte.

– Único?

– Sim, único. Tudo é transporte na vida, senhor Ayrton, e o tumulto de hoje vem das imperfeições dos nossos sistemas de transporte. Tudo é transporte! A minha voz transporta ideias do meu cérebro para o seu. Esse livro que o senhor tem nas mãos é um sistema de transporte de impressões mentais. Que faz a firma Sá, Pato & Cia. senão transportar mercadorias de um lado para outro, com o fim último de transportar para as burras dos sócios o dinheiro dos clientes? E que é o dinheiro senão um maravilhoso e engenhosíssimo meio de transporte?

– Por isso são as moedas redondas...

– Rodinhas... O homem deu o primeiro grande passo em matéria de transporte com a invenção da roda. Mas ficou nisso. Repare que a nossa civilização industrial se cifra em desenvolver a roda e extrair dela todas as possibilidades. Daqui a séculos, quando for possível ao homem uma ampla visão do seu panorama histórico, todo este período que vem do albor da história até nós e ainda vai prolongar-se por muitas gerações receberá o nome de Era da Roda. Mas do ano 2200 em diante começará o seu declínio e em 3000 e tantos estará passada. Num corte anatômico dessa época vi certo museu nos arredores de Pittsburgh que muito me impressionou – o Museu da Roda. Dormiam nas vitrinas, como dormem hoje os machados de sílex dos nossos avós, as modalidades infinitas de rodas sobre as quais ainda gira hoje a civilização, desde o rodízio brutesco dos carros de boi até a mínima engrenagem dos relógios de pulso. O rádio matará a roda – concluiu Miss Jane.

Pus-me a refletir naquilo e a comparar a estreiteza do meu cérebro com a amplidão do cérebro da filha do professor Benson. Quantas rodas tinha ele mais do que o meu! E como rodavam bem lubrificadas as rodinhas do cérebro de Miss Jane, todas postas sobre mancais de bilhas...

– De tudo quanto Miss Jane acaba de expor concluo que a vida nos Estados Unidos passou a ser um céu aberto – comentei eu.

– Não vou até lá – contraveio ela. – Havia uma pedra no sapato americano: o problema étnico. A permanência no mesmo território de duas raças díspares e infusíveis perturbava a felicidade nacional. Os atritos se faziam constantes e, embora não desfechassem como outrora nas violências da Ku Klux Klan, constituíam um permanente motivo de inquietação.

A ideia do expatriamento para o vale do Amazonas tinha um ponto fraco: só podia ser voluntária e o negro não se mostrava inclinado a trocar a cidadania americana por outra qualquer. O processo científico de embranquecê-los aproximava-os dos brancos na cor, embora não lhes alterasse o sangue nem o encarapinhamento dos cabelos. O desencarapinhamento constituía o ideal da raça negra, mas até ali a ciência lutara em vão contra a fatalidade capilar. Se isso se desse, poderia o caso negro entrar por um caminho imprevisto, a perfeita *camouflage* do negro em branco. Tal saída, entretanto, era apenas um sonho dos imaginativos impenitentes. E, como a repartição do país em duas zonas não fosse forma aceita pelos brancos, iam os Estados Unidos entrar no seu 88º período presidencial com o mesmo problema que 339 anos antes preocupara o grande George Washington.

Enquanto Miss Jane falava, naquele tom impessoal e frio de sábio a fazer conferência pública, toda ela cérebro e cultas expressões na boca, eu, humano que sou, envolvia-a nos meus ternos olhares de carneiro amoroso, e essa minha excessiva atenção à parte corpórea da encantadora vidente me fez perder muita coisa interessante das suas revelações. Distraía-me, preso àquele lindo presente de olhos azuis sempre a pairar pelas eras futuras. Quando, por exemplo, ela entrou a descrever o tipo dos negros descascados do ano 2228, confesso que perdi metade das suas observações. Achava-me no momento a namorar o mimoso lóbulo da sua orelha esquerda, onde brincava um raio de sol. Esse fio de luz acendia-lhe em ouro a penugem finíssima e o tornava do róseo translúcido de certos veios da ágata. Perdi-me no gracioso pedacinho de carne, como a sua dona andava perdida em plena despigmentação do século XXIII. A poesia falou em mim e uma imagem lírica entreabriu a pieguice das suas pétalas. Lembrei-me do *baiser* de Rostand, *pont rose sur l'i du verbe aimer*, e perpetrei coisa melhor: depor naquele ninho de colibri o ovinho de um beijo...

Depois filosofei e pareceu-me apreender uma grande verdade: a beleza não passa de um total de parcelas que a mão da Harmonia soma.

Que terríveis torneiras abre o amor!

Mas ao chegar naquele ponto das suas revelações, Miss Jane ergueu os olhos para o relógio. Em seguida apertou o botão da campainha.

Veio um criado.

– Chá – disse ela.

Eu já sabia da significação do chá, engenhoso ponto e vírgula com que Miss Jane punha fim às nossas palestras domingueiras.

Regressei à cidade mais apaixonado do que nunca pela encantadora filha do velho sábio – sábia também ela, mas, ai!, bem pouco feminina... O Amor que ardia em meu peito não a contagiava. Talvez nem sequer o percebesse. Ou percebera desde o início e dissimulava? Mulher, mulher... Sabina vingativa – *false as water*...

Fiquei na dúvida. Seria Miss Jane um puro espírito, uma vibração de éter jamais interferida, ou tinha nervos como as demais, coração, sensibilidade como todas as mulheres?

No dia seguinte, no escritório, notou o patrão o ar distante com que eu colecionava umas faturas. Meu pensamento estava longe da firma, vogando em pleno período da simbiose desmascarada. Não sei por que motivo o senhor Sá mostrava-se nesse dia alegre e familiar. Vira o passarinho verde, com certeza. Tão familiar e alegre que em certo momento me atrevi a fazer-lhe uma pergunta:

– Acha o senhor Sá que é a mulher a fêmea natural do homem?

O honrado negociante não respondeu, mas fulminou-me com tais olhos que achei prudente esgueirar-me para a sala vizinha com o pacote de faturas na mão. Vim a saber depois que em conferência com o senhor Pato ele chegara à conclusão de que a queda no precipício me tinha evidentemente "perturbado as faculdades mentais"...

CAPÍTULO XV

Vésperas do pleito

No próximo domingo voei mais cedo ao castelo, ansioso pela continuação das revelações de Miss Jane.

Encontrei-a triste.

– Aconteceu-lhe alguma coisa? – inquiri inquieto.

– Nada! – respondeu-me num suspiro. – Saudades de meu pai apenas. Estive ontem no cemitério e minha dor reavivou-se. Como ainda sinto pungente o desfalque sofrido pela sinfonia do universo com a perda de sua nota mais bela!...

A tristeza de minha amiga contagiou-me de tal modo que quando dei por mim uma lágrima me descia pelo rosto.

Miss Jane, comovida, apertou-me a mão. Irmanávamo-nos dia a dia, à medida que as nossas afinidades se iam revelando. Afinidades mentais e de sentimento. Apesar da aparente divergência das nossas ideias, eu sentia que no fundo pensávamos da mesma forma. Quem ali nos visse a conversar da vida futura juraria sermos amigos velhos ou parentes muito próximos – e outra não era a minha impressão. Parecia-me conhecê-la de séculos, e nunca ter convivido com outra pessoa. A menor sombra que passasse pela sua alma logo se refletia na minha. Suas alegrias eram as minhas e minhas as suas tristezas.

Como me punha feliz aquela doce convivência...

Mas a nuvem passou afinal e pude vê-la de novo entregue aos acontecimentos do ano 2228.

– Na véspera da 88ª eleição presidencial – prosseguiu Miss Jane –, o país apresentava o grave aspecto desses instantes de imobilidade precursores de tormenta. Como que a armazenar forças para uma explosão trágica, todos os homens permaneciam silenciosos, num estado de repouso muito semelhante a cansaço por antecipação. Só nos arraiais femininos era intenso o rebuliço. Estavam as sabinas seguras da vitória e lá com as diretoras do movimento já repartiam os despojos da batalha.

Devo dizer que a presidência de uma elvinista não inquietava grandemente os homens de espírito filosófico. Sabiam muito bem como o poder modifica as ideias dos que lhes galgam as cumeadas. E havia até curiosidade pela vitória sabina por parte dos homens de temperamento artístico – dos que só encaram o mundo através de prismas estéticos. Já a massa masculina enxergava na vitória de Miss Astor o fim do tradicional predomínio do homem na terra.

– Eram ainda as eleições ao nosso sistema de hoje?

– As eleições do século XXIII em nada lembravam as de hoje, consistentes na reunião dos votantes em pontos prefixados e no registro dos votos. Tudo mudara. Os eleitores não saíam de casa – radiavam simplesmente os seus votos com destino à estação central receptora de Washington. Um aparelho engenhosíssimo os recebia e apurava automática e instantaneamente, imprimindo os totais definitivos na fachada do Capitólio.

De há muito se haviam eliminado as hipóteses de fraude, não só porque a seleção elevara fortemente o nível moral do povo, como ainda porque a mecanização dos trâmites entregava todo o processo eleitoral às ondas hertzianas e à eletricidade, elementos estranhos à política e da mais perfeita incorruptibilidade.

Mas só os habitantes de Washington gozavam do privilégio de ler no Capitólio os números decisivos. O resto da população americana também os lia e na mesma hora, mas em suas próprias casas.

Certo que estava da vitória, o Partido Feminino delirava no antegozo de um prazer inédito: bater o macho em seu reduto supremo – a presidência da República!

Na antevéspera das eleições Miss Elvin organizou em Washington uma passeata memorável.

– Ainda havia disso? – perguntei.

– Já não havia disso – respondeu Miss Jane. – Miss Elvin apenas ressuscitou a velha praxe a título de curiosidade estética. Como vemos hoje exposições de arte retrospectiva, teve ela a ideia de organizar coisa semelhante – uma passeata à nossa moda, com discursos em rançoso estilo retórico, nos quais se expusessem à luz do dia caducas imagens há muito aposentadas. Reuniu um lote de dez mil correligionárias para um desfile diante do Capitólio. Cada qual traria uma bandeirola ou cartaz onde se caricaturassem de maneira cruel os homens ou se inscrevessem legendas insultantes – *Abaixo o macaco glabro! Morram os raptores! Viva o sabino! Basta de gorilas evoluídos!*

– Essa manifestação realizou-se à noite – e por falar em noite... como imagina que eram as noites desse tempo, senhor Ayrton?

– Como as de hoje, ora essa! Talvez com menos grilos – respondi.

– Pois saiba que nenhum espetáculo futuro me surpreendeu tanto como as noites das cidades americanas. A noite urbana que temos hoje não passa da noite natural picada de focos luminosos – um jogo, portanto, de sombra e luz. O que lá vi não recordava essa alternativa. Sofrera completa mudança a iluminação artificial – tamanha como a do transporte depois da vinda do rádio. Inventara-se a luz fria. Por dentro e fora eram pintadas as casas de uma tinta de luar, que dava às cidades o aspecto de emersas de um banho de fósforo. Paredes, muros, telhados, todas as superfícies dimanavam um palor uniforme de sonho. Mas o escuro é tão necessário ao homem como o luminoso, de modo que todas as casas possuíam cômodos não revestidos de luar ou apenas aquarelados de leve. Que deliciosas penumbras vi no Oblivion Park, em Erópolis!...

– Quê? Havia Erópolis, a Cidade do Amor?

– Sim. Uma cidade das *Mil e uma noites* erguida no mais belo recanto das Adirondacks e exclusivamente dedicada ao Amor. Para lá iam os enamorados, os casados em lua de mel, nela só permanecendo durante o período da ebriedade amorosa. O senhor Ayrton com certeza já amou e sabe como o amor desabrocha as criaturas em flores e perfumes. Pois imagine um éden criado pela fantasia de todos os grandes amorosos – Dante, Petrarca, Romeu, Leandro, de colaboração com todas as grandes amorosas, Julieta, Hero... Imagine a rainha Mab a provocar sonhos nesses inebriados e Ariel a realizá-los com o carinho que punha nas comissões de Próspero. O bafo de Calibã nem de leve embaciava os mármores de Erópolis – a maravilha suprema das artes humanas ao serviço do Amor.

Nada lembrava ali o organismo que é uma cidade comum – misto de órgãos nobres e vísceras de funções humilhantes. Em vez de ruas geométricas, meandros irregulares, ganglionados magicamente de *pelouses* e moitas nupciais. Sumiam-se nelas os amorosos passeantes e em tais ninhos de doçura trocavam o beijo que elabora o porvir. Tudo fora planejado em Erópolis como intento de dar às criaturas as mais finas sensações estéticas, de modo que os seres ali concebidos já se plasmassem em beleza e harmonia desde o contato inicial dos gametas. Os filhos de Erópolis passaram a constituir uma elite na América – a nova aristocracia dos filhos do Amor e da Beleza.

Suspirei. Vi-me em Erópolis de mãos dadas a Miss Jane, olhos nos seus olhos e em tal enlevo amoroso que todas as maravilhas da nova ilha de Calipso eram como se não existissem para mim...

– Mas deixemos em paz a Cidade do Amor – disse minha amiga fechando o delicioso parêntesis. – Trepada a uma estátua fronteira ao Capitólio espera-nos a irrequieta Miss Elvin com o seu discurso flamante, perfeitamente *vieux jeu*.

– "Eis", dizia ela apontando para o Capitólio com ademanes dos nossos oradores mitingueiros, "eis o símbolo da Bastilha masculina que será amanhã tomada de assalto! É a casa mestra da força, a odiosa cabina das manivelas que dirigem tudo. Ali têm habitado os piores monstros da humanidade. Moraram ali Gengis Khan, César, Luís XIV, Frederico da Prússia, Pedro, o Grande, Cromwell, todos os gorilas cesáreos que através dos séculos vêm trazendo preso ao seu carro de triunfo um ser de espécie diferente, arrancado ao companheiro natural por um gesto de violência e rapina!" – e por aí além...

O presidente Kerlog ouviu pelo seu receptor de bolso a curiosa arenga e disse com muita filosofia ao ministro da Equidade:

– "Parece grotesco tudo quanto ela diz, no entanto, a história mostra que nós homens temos sido arrastados por fábulas ainda mais grosseiras."

– "Isso só prova", retrucou Berald Shaw, "que Miss Elvin está errada. Homens e mulheres somos positivamente da mesma espécie..."

E enquanto a passeata de Miss Elvin barulhentamente prosseguia no seu percurso, voltaram os ministros à conferência, retomando-lhe o fio no ponto em que a arenga da sabina os interrompera.

– "Dentro de 48 horas tudo estará resolvido", disse o presidente, "e conto com a reeleição. Apesar de não haver obtido de Jim Roy promessa formal, estou absolutamente certo de que ele nos dará os votos negros. Deve neste momento estar apreensivo, o pobre Jim, com o discurso de Miss Elvin. Se ela nos trata a nós brancos de gorilas, que expressões reservará para os pretos de Jim?"

– "Mas Miss Astor também conta com os votos negros", disse o ministro da Seleção Artificial.

– "Engano. Miss Astor espera de Jim uma traição. Ora, a traição para Miss Astor significa não votar em seu nome. Logo, está convencida de que Jim Roy nos dará os votos negros."

– "E nesse caso derrogaremos a lei seletiva?"

– "Sem dúvida. O pigmento reclama contra o rigor excessivo da Lei Owen. Isso aliás pouco importa, porque antes dos maus efeitos da derrogação dessa lei já teremos solvido o problema. Os últimos estudos técnicos da exportação dos negros para a Amazônia já se acham conclusos. Jim é hábil e domina como déspota a massa negra. Havemos de nos entender. Havemos de impor-lhe por bem ou por mal a solução branca. No momento o caso se resume em obtermos dele o concurso eleitoral, pois quem lá pode saber que rumo tomarão os acontecimentos caso vençam as elvinistas? É impossível protelar por mais tempo com paliativos ilusórios a solução do binômio racial. Ou expatriamos os negros já, ou dentro de meio século seremos forçados a aceitar a solução negra, asfixiados que estaremos pela maré montante do pigmento."

– "Destruído, aliás..."

– "Oh, antes o não fosse! A mim chega a me repugnar o aspecto desses negros de pele branquicenta e cabelos carapinha. Dão-me a ideia de descascados..."

– E Miss Astor? – perguntei. – Continuava perplexa?

Miss Jane respondeu:

– A poucos passos da Casa Branca também Miss Astor conferenciava com várias sumidades do seu partido.

– "Estás ministra, minha cara Dorothy Glynor, se vencermos...", dizia ela a uma linda criatura candidata ao Ministério da Educação Social.

– "Se?...", fez Dorothy Glynor. "Pois ainda admite dúvidas depois da *entente* com Jim Roy?"

– "Tudo me leva a crer que Jim Roy não perderá a oportunidade de ajudar-nos a apear o macho branco, inimigo tradicional da sua raça. A lógica me conduz a esse raciocínio, mas acima da lógica há em mim uma voz interna, uma ressonância que raro falha – e essa voz me diz que Jim vai trair..."

– "A nós?"

– "Não sei. Sinto no ar a traição, e sinto-a tão forte que ando presa de um estranho mal-estar. É com esforço que procuro conter os meus nervos. O entusiasmo com que me apresento em campo não passa de mera atitude. O que há em mim – e cada vez mais angustiante – é uma profunda depressão nervosa..."

Miss Evelyn Astor estava à sua mesa de trabalho, em permanente comunicação com todos os distritos do país. Recebia de minuto em minuto informações animadoras, mas ouvia-as quase desatenta. O imenso entusiasmo reinante nos arraiais femininos – entusiasmo que ela mesma acendera com suas famosas irradiações – só não contagiava a sua autora. Miss Astor metia os olhos do pressentimento pela fachada do Capitólio e não lia lá o seu nome...

Bem outra se apresentava a situação nos arraiais de Jim Roy. A população negra permanecia numa espécie de calma fatalista, aguardando com insidiosa quietude de pântano a senha que o grande líder ficara de irradiar uma hora antes do pleito. Até esse momento a formidável massa de cinquenta e tantos milhões de votantes conservar-se-ia neutra. Tinham compreendido as imensas vantagens da coesão e delegação de todas as vontades numa só, além de que depositavam em Jim Roy uma fé que nem Moisés merecera do povo hebraico. Qualquer coisa de majestade havia naquele oceano submisso – escravo de novo, escravo como sempre, mas desta vez escravo por heroico e livre consentimento.

CAPÍTULO XVI

O titã apresenta-se

– Fora o pleito marcado para as onze horas da manhã e duraria apenas trinta minutos – continuou Miss Jane. – Em meia hora o assombroso fenômeno de um bloco de 150 milhões de criaturas a imprimirem em símbolos numéricos a sua vontade na fachada do Capitólio completar-se-ia de maneira perfeita.

Jim Roy avisara aos seus agentes distritais de que só às dez da manhã revelaria o nome do candidato em que os negros tinham de votar. Esses agentes, por sua vez, radiariam aos eleitores das respectivas zonas a esperada senha.

Às nove e meia Jim recolheu-se à sua sala de trabalho no palácio da Associação Negra e fechou-se por dentro.

Apesar da solidez dos seus nervos o líder vacilava...

Às nove e 45 aproximou-se da janela e correu os olhos pelo casario de Washington. O panorama que viu, entretanto, não foi o da cidade. Descortinou todo o lúgubre passado da raça infeliz. Viu muito longe, esfumado pela bruma dos séculos, o humilde *kraal* africano visado pelo feroz negreiro branco, que em frágeis brigues vinha por cima das ondas qual espuma venenosa do oceano. Viu o assalto, a chacina dos moradores nus, o sangue a correr, o incêndio a engolir as palhoças. Depois, o saque, o apresamento dos homens válidos e das mulheres, a algema que lhes garroteava os pulsos, a canga que os metia dois a dois em comboios sinistros tocados a relho para a costa. Viu, como goelas escuras, abrirem-se os porões dos brigues para tragar a dolorosa carne do eito. E recordou o interminável suplício da travessia... Carga humana, coisa, fardos de couro negro com carne vermelha por dentro. A fome, a sede, a doença, a escuridão. Por sobre as cabeças da carga humana, um tabuado. Por cima do tabuado, rumores de vozes. Eram os brancos. Branco queria dizer uma coisa só: crueldade fria...

Viu depois o desembarque. Terra, árvores, sol – não mais como em África. Nada deles agora – nem a terra, nem as árvores, nem o sol. Caminha, caminha! Se um tropeça, canta-lhe o látego no lombo. Se cai desfalecido, trucidam-no. A caravana marcha, trôpega, e penetra nos algodoais...

Viu Jim viçarem luxuriosos os algodoais da Virgínia depois que o negro chegou. Além das chuvas havia a regá-los agora o suor africano – suor e sangue.

Viu dois séculos de chicote a lacerar carne e outros dois séculos de lágrimas, de gemidos e lamentos os uivos de dor. E viu a América ir saindo dessa dor, como a pérola, filha do sofrimento do molusco, nasce na concha...

Viu depois a Aurora da noite de 200 anos: Lincoln. O Branco Bom disse: "Basta!". Ergueu exércitos e das unhas de Jefferson Davis arrancou a pobre carne-coisa.

As algemas caíram dos pulsos, mas o estigma ficou. As algemas de ferro foram substituídas pelas algemas morais do pária. O sócio branco negava ao sócio negro a participação de lucros morais na obra comum. Negava a igualdade e negava a fraternidade, embora a Lei, que paira serena acima do sangue, consagrasse a equiparação dos dois sócios.

E viu Jim que a Justiça não passava de uma pura aspiração – e que só há justiça na terra quando a força a impõe.

– "Hei de fazer-me força e impor a justiça", murmurou o grande negro.

Em sua testa profunda ruga se abriu. Seus olhos se cerraram e Jim permaneceu imóvel, como que siderado por uma ideia de gigante.

Soou a primeira badalada das dez. Era o momento de radiar a esperada senha.

O titã despertou. Dirigiu-se para a cabina emissora. De passagem deteve-se diante de um busto de Lincoln e disse, pausadamente, pondo-lhe a mão sobre o ombro:

– "Tu começaste a obra, Jim vai concluí-la..."

Penetrou na cabina. Vacilou um instante em face do aparelho que lhe ia veicular a vontade. Contraiu os músculos num sorriso de senegalês descorticado – e pronunciou finalmente com voz segura a palavra secreta que até ali escondera:

– "O candidato da raça negra é Jim Roy".

CAPÍTULO XVII

A adesão das elvinistas

Arregalei os olhos de surpresa. Nem por sombras eu havia imaginado aquela hipótese e confessei-o a Miss Jane.

– A surpresa não foi unicamente sua, senhor Ayrton. Alguns minutos passados depois do gesto decisivo do formidável Jim Roy, e cinquenta milhões de eleitores negros recebiam a imprevista senha como se recebessem violenta pancada no crânio. A sensação de atordoamento foi geral. Pelo cérebro dos despigmentados passara tudo, menos aquilo. Nem um negro sequer imaginara tal hipótese. Mas a perturbação foi se desfazendo, e à medida que se ia desfazendo iam se iluminando as caras com um *sorriso novo no mundo*. Um sorriso sem significação, puramente reflexo. O sorriso do grilheta que nasceu de algemas ao pulso e de súbito as vê se esvaírem em névoa ao contato de mágico talismã.

– "Livre, apenas? Não! Também senhor agora..."

O sigilo das comunicações radiadas era perfeito. Onda que partisse com recado para fulano jamais errava de porta ou se deixava transviar pelo caminho. Mesmo assim Miss Astor, cujo maquiavelismo de espírito não extremava a rubra ideologia elvinista de um maravilhoso senso das realidades, conseguira feliz êxito na caçada que armou a onda portadora da senha de Jim Roy. Não corromperia a onda, de si incorruptível, mas corromperia um dos seus destinatários – talvez o único agente infiel de quantos tinha Jim a seu serviço. Logo que recebeu a senha, esse espião chamou Miss Astor ao aparelho das comunicações reservadas.

Estava ela a postos, na sede do partido, rodeada do seu ardente estado-maior. Mal soou o chamado, deixou as companheiras e literalmente atirou-se ao fone adivinhando do que se tratava. A viva expressão de curiosidade do seu rosto, porém, demudou-se em derrocada. Seus olhos arregalaram-se e seus lábios, subitamente brancos, tremeram.

Vendo o transtorno de feições da chefa suprema, o estado-maior elvinista acudiu inquieto.

– "Que há?", indagou Miss Elvin, agarrando-a pelos ombros. "Resolveu Jim votar com Kerlog?"

Miss Astor quis responder mas não pôde. Sentiu uma nuvem turvar-lhe a vista, uma zoeira nos ouvidos; um turbilhão no cérebro. E descaiu para trás, desmaiada.

– Como as de hoje... – murmurei contente com aquele desmaio.

Miss Jane prosseguiu.

– O pânico apossou-se incotinênti do estado-maior elvinista e transformou a sala num redemoinho de lindas baratas tontas. As sabinas entraram a correr de um lado para outro trefegamente, a agarrar-se entre si, a gritar. Mas a voz aguda de Miss Elvin se fez ouvir e as conteve:

– "Se Evelyn desmaiou, é que recebeu uma terrível notícia; e a única notícia terrível que Evelyn poderia receber é a da adesão de Jim a Kerlog. Logo, estamos derrotadas..."

E os olhos da sabina despediram uma terrível faísca de ódio – não político, não sexual apenas, mas *especial*, sentimento inédito no mundo e de pura criação elvinista. Miss Elvin cerrou o punho e ergueu-o na direção do Capitólio, ao mesmo tempo que uivava qual loba ferida:

– "Não importa, Kerlog! Recorreremos aos grandes meios – à sabotagem, à boicotagem do gorila!"

– "Bravos!", gritaram as elvinistas, recompostas da momentânea desorientação. – "Viva o boicote!"

Miss Elvin rangia os dentes.

– "Os infames monstros jamais poderão prever o plano infernal de sabotagem que contra eles organizei! Parecem ignorar, esses orgulhosos gorilas, que a natureza os criou de uma carne toda ela calcanhares de aquiles. Convido as sabinas presentes para uma reunião amanhã em minha casa a fim de estudarmos a aplicação imediata do plano diabólico. Às oito horas lá todas!"

– "Bravos! Bravos! Sabotemos o gorila!"

A grita fez efeito de sais nos nervos da chefa desmaiada. Miss Astor entreabriu os olhos, passou as mãos pelo rosto como a afastar as últimas sombras e, reentrando na posse dos seus sentidos, ergueu-se de pé. Circunvagou pelo ambiente o olhar ainda trocado e em tom de mistério exclamou por fim, como se estivesse a falar consigo própria:

– "É indispensável um entendimento com Kerlog. Tudo mudou..."

O espanto das elvinistas atingiu o auge. Estarreceram todas, de olhos arregalados e bocas entreabertas. Não compreendiam nada.

Miss Astor prosseguiu:

– "Temos de nos aliar de novo ao homem..."

– "Nunca!", rugiu Miss Elvin, escarlate de furor. "Transigir, nunca!..."

O relógio da sala interrompeu o tumulto com o pingar das onze – a hora eleitoral.

– "Sim", declarou pausadamente Miss Astor. "Sim, porque já não se trata de um mero choque político entre as duas facções da raça branca. Trata-se da luva que nos vem de lançar ao rosto a raça negra. Jim Roy neste momento já deve estar eleito presidente da República..."

Se uma granada de gás estupefaciente houvera explodido na sala, outro não seria o aspecto daquelas sabinas apalermadas pelo inaudito da surpresa. Transformaram-se em verdadeiras mulheres de Ló, mudas e imóveis, com os olhos cravados na líder feminina.

Miss Astor continuou:

– "Não me enganavam os meus pressentimentos! Eu senti que Jim trairia. Ide ver na fachada do Capitólio o seu nome vitorioso..."

As elvinistas precipitaram-se para a janela e leram no frontão do monumento o nome de Jim Roy! Depois de 87 presidentes brancos surgia o primeiro negro, eleito por 54 milhões de votos. Miss Astor obtivera cinquenta milhões e meio e Kerlog cinquenta milhões e pico. Apesar de disporem de um eleitorado quase duplo do contrário, os brancos perdiam a presidência graças à cisão entre os dois sexos provocada pelo elvinismo...

Foi instantânea e radical a mudança que se operou nas mulheres. Apreenderam num relance todas as consequências possíveis do golpe negro e tomaram-se de furiosa crise de sentimentalismo amoroso pelo homem branco, ser mau, opressivo, injusto, não havia dúvida, mas afinal de contas o marido milenar da mulher. Mal com ele, pior sem ele. Estava tão longe o hipotético sabino...

Miss Astor tomou a palavra e fez-se a intérprete do pensamento dominante.

– "Mulheres! Eis as consequências da nossa loucura! Divorciamo-nos do nosso velho companheiro sexual e..."

– "Companheiro ilegítimo!", aparteou Miss Elvin.

– "Seja, mas nem por isso menos companheiro. Divorciamo-nos dele, declaramos-lhe guerra, difamamo-lo, e a paixão nos cegou a ponto de não vermos o polvo que espiava a brecha a fim de envolver o Capitólio nos seus tentáculos! Ah, Kerlog, que injusta fui contigo recusando a fusão partidária que me propunhas! E como fui cruel respondendo às tuas leais palavras com anfiguris em linguagem sabina! Vejo bem claro agora o nosso erro e, embora reconhecendo as queixas que a mulher tem do macho, também reconheço que sem o concurso dele nada valeríamos no mundo. Bastou um momento de divórcio para que a raça branca se visse nesta horrível situação: apeada do domínio e à mercê de uma raça de pitecos que, essa sim, tem contas terríveiss a ajustar conosco..."

Palmas e bravos estrepitaram. Só Miss Elvin, irredutível no seu sonho, conservava-se de pé atrás.

– "E as minhas teorias?", uivou ela. "Que importa um momentâneo incidente eleitoral em face do fulgor das minhas ideias? Voto contra a aproximação com Kerlog e protesto contra o movimento de fraqueza, essa crise amorosa que vejo nas palavras de Evelyn! Proponho o prosseguimento da luta com redobrado ardor. Submissão de novo, nunca!..."

Mas nem uma só voz se ergueu para apoiá-la. Suas palavras tiveram como resposta um silêncio de cemitério. Estava morto o elvinismo e de cinzas varridas todos aqueles cérebros e corações. Diante do silêncio da assembleia ainda mais se exaltou Miss Elvin, rompendo em apóstrofes violentíssimas contra o "gorila pelado" e o "sentimentalismo ovelhum" das suas companheiras.

Desta vez não foi o silêncio de cemitério que acolheu sua arenga. Foi a assuada.

– "Fora! Abaixo o sabino! Viva o *Homo*! Viva o macho forte que suplantou o macho fraco!..."

– "Sim", perorou Miss Astor, "viva o homem! Macho natural ou não, neto do gorila ou não, é ele o nosso marido pela milenar consagração dos fatos. Sempre vivemos ao seu lado, ora escravas, ora deusas, mas como irmãs de peregrinação nesta vida. Peludas que éramos ainda, e lá no fundo das idades já o ajudávamos a afiar o machado de sílex com que nos amparou das agressões do *Urso speleus*. Comemos juntos bifes crus de megatérios. Juntos nos derramamos por todos os recantos do globo e conseguimos a dominação hoje absoluta. Juntos subimos aos tronos e juntos fomos lançados às feras do circo. De mãos dadas compusemos a sublime epopeia do amor – poema que principiou com a Vida e só com ela terá fim... O sabino, ainda que existisse, seria um fraco. O raptor valia muito mais do que esse hipotético bicho marinho, só existente, talvez, na imaginação exaltada da nossa querida Miss Elvin..."

– "Era o peixe-boi, o pesado animalão que os homens arpoam no Amazonas...", aparteou Miss Dorothy Glynor.

– "O homem é o gorila, o gorila, o gorila!...", urrava Miss Elvin possessa.

– "Pois viva então o gorila!", concluiu Miss Astor e os aplausos foram delirantes. "Fique Miss Elvin com o boi do mar que nós ficaremos com o nosso velho e tradicional gorila. À Casa Branca!..."

E numa verdadeira revoada precipitou-se para a Casa Branca o bando das ondeantes mamíferas com Miss Astor à frente. Só ficou no recinto a sabina teimosa, a bater o pé e uivar para as cadeiras vazias:

– "Gorila, gorila, gorila, gorila..."

Nesse ponto Miss Jane parou para tomar fôlego, enquanto eu dizia:

– Toma! Como tenho muita honra em ser neto do meu avô gorila, exulto com a derrota dessa renegada. Mas... e Kerlog, Miss Jane? Como recebeu ele a notícia da vitória do negro?

– O presidente Kerlog recebeu o resultado do pleito com um assombro igual ao das mulheres, embora muito diferente na sua exteriorização. Convicto do apoio de Jim Roy a um dos partidos brancos, chegara a admitir por hipótese o triunfo de Miss Astor; mas lá no íntimo contava com o seu. De modo que quando na fachada do Capitólio surgiu o nome de Jim Roy a sensação que o empolgou foi de pesadelo. Kerlog apalpou-se e beliscou as carnes a ver se dormia. Não era pesadelo, não. Era coisa pior – fato! E, como a hipótese da eleição de um negro nem por sombra lhe houvesse passado pela ideia, o seu desnorteamento fez-se absoluto.

Kerlog reclinou-se sobre a secretária e permaneceu durante alguns instantes imóvel, com a cabeça apoiada nas mãos. Dava tempo a que a ideia nova da eleição de um presidente negro penetrasse em seu cérebro, criando lá pelas circunvoluções um quadro inexistente. Custou a aboletar-se essa ideia. Não cabia em quadro nenhum e punha arrepios em todos perto dos quais passava...

Mas o 87º presidente possuía uma sólida organização mental; reagiu contra o golpe e logo reentrou no controle dos seus espíritos. Tomou um gole de água e dirigiu a palavra aos atônitos ministros presentes.

– "Chegou afinal a crise prevista há séculos e de maneira surpreendente. A hipótese que acaba de realizar-se creio que jamais passou pelo espírito de nenhum americano, branco ou preto. É obra exclusiva de Jim Roy e explica a paciência com que vem ele automatizando a massa negra. Mas o fato está consumado. É um desafio; uma luva lançada ao rosto da raça branca, à qual nos cumpre dar troco. Não apresento nenhuma ideia porque não a tenho – ainda não houve tempo de se formarem ideias em meu cérebro. Creio que o mesmo se dará com todos os presentes..."

Um movimento geral de cabeças apoiou suas palavras. Todos os ministros se achavam na mesma situação de espírito.

Kerlog prosseguiu. Fez ver a que terrível *impasse* a loucura das mulheres arrastara o país, situação insolúvel caso elas persistissem em se "desgorilarem" de sua ascendência.

– "E dado modo de pensar e falar da líder feminina", disse ele, "não prejulgo o que esteja agora se passando pelo cérebro de Miss Evelyn Astor. Mas é indispensável a todo o transe um entendimento com ela. É indispensável promovermos a harmonia dos partidos brancos, porque só a união da raça branca nos salvará."

O ministro da Paz tomou a palavra (as guerras haviam cessado no mundo depois que aos ministros da Guerra se substituíram os ministros da Paz) e disse:

– "Acho inútil qualquer debate neste momento. A situação é obscura e..."

Não pôde acabar. Um tropel reboou nos corredores. Era o bando elvinista que penetrava, com Miss Astor à frente.

Kerlog empalideceu. Os extremismos daquela facção eram tantos que ele previu qualquer coisa semelhante aos assaltos histéricos das antigas sufragistas britânicas. E apertou o botão da campainha de alarma, chamando a postos os guardas.

Miss Astor avançou para ele. Num instintivo gesto de defesa, Kerlog recuou em sua poltrona, vendo claramente definida a agressão iminente. Os ministros lançaram-se das suas cadeiras em socorro do chefe supremo.

Era tarde. Miss Astor agarrara o presidente Kerlog pelo pescoço...

Agarrara-o não para o estrangular, mas para o beijar entre lágrimas e soluços de comoção.

– "Kerlog, querido Kerlog! Venho em nome de todas as mulheres pedir perdão ao *Homo*, em ti representado, da loucura a que Miss Elvin nos arrastou. Diante dos supremos interesses da raça ofendida, cessa o divórcio sexual. Volta a mulher de novo aos braços do seu velho companheiro de peregrinação pelo mundo..."

Mal vindo do espanto, tonto ainda, o presidente Kerlog apenas murmurou:

– "A que horas, Miss Astor! A que horas vem falar-me língua compreensível..."

– "Perdoa, Kerlog! Foi uma nuvem que passou."

– "Mas lá estão as terríveis consequências impressas na fachada do Capitólio."

– "Que importa? O que a mão do negro escreveu a tua apagará."

– "Fácil de dizer, Miss Evelyn. Dentro da criatura civilizada dorme um troglodita. Receio que a exasperação desperte esse monstro."

– "Temos tudo por nós, o número e a superioridade mental."

– "Mas temos contra nós o momento, o impulso, a cólera, a vingança – as velhas inferioridades adormecidas mas não mortas. Receio que a América se inunde de sangue..."

Miss Astor emudeceu por um momento, com os seios ofegantes. Depois disse:

– "E agora? Que *vamos* fazer?"

Kerlog respondeu com finura:

– "*Vamos* vencer. O perigo existia enquanto a palavra *vamos* só representava metade da raça branca. Se Miss Astor me traz o concurso da metade rebelde, tuda muda..."

A ex-sabina desprendeu-se do pescoço presidencial e gritou, voltada para as suas companheiras:

– "Cerremos fileiras em torno de Kerlog! É ele o nosso líder supremo, líder da raça, e acaba de traçar o incoercível programa branco: 'Vencer!' Viva Kerlog!"

Um hurra delirante saudou as suas palavras.

– "Viva Kerlog! Viva o *Homo*!"

O ministro da Educação Social interveio malicioso:

– "Alia-se de novo então ao 'gorila pelado', Miss Astor?"

– "Sim", respondeu ela, mais formosa do que nunca tanto a sua fisionomia irradiava de entusiasmo. "Acabamos de fazer uma grande descoberta: o sabino de Miss Elvin não passa de um estúpido boi do mar. Viva, portanto, o velho gorila!"

– "Viva! Viva!..."

E a onda feminina derramou-se barulhentamente pelos corredores afora, até despejar-se pelas escadarias...

Aliviado de um grande peso, Kerlog voltou-se para os ministros e repetiu risonho o verso de Shakespeare:

– "*She is false as water...*"

– "Mas de muita força catalítica", rosnou o ministro da Equidade. "Cura pela ação da presença..."

O ponto e vírgula com torradas veio interromper naquele dia as revelações de Miss Jane. Retirei-me mais interessado do que nunca no desfecho da crise americana do século XXIII.

CAPÍTULO XVIII

O orgulho da raça

Passei a semana agitado, menos com as revelações do ano de 2228 do que com a impassibilidade de Miss Jane.

Eu ardia, positivamente ardia, e traía o meu amor em todos os meus olhares e gestos; mas a enigmática jovem não dava ar de o perceber. No começo a admiti como um puro espírito, uma Cassandra sem nervos nem sangue. Depois duvidei da existência de tais puros espíritos e passei a ver em Miss Jane uma "desentendida". Talvez que me julgasse muito inferior a si e adotasse semelhante atitude como o meio mais fácil de guardar as distâncias. Mas era-me impossível conciliar isso com a amizade que ela me demonstrava e sobretudo com o ter só a mim no mundo depois de perdido o pai. Se de fato me julgasse inferior ou indigno de sua pessoa, certo que já me teria afastado do castelo. Não havia dúvida, Miss Jane fazia-se de desentendida...

Firmei-me nessa ideia e concebi um plano de ataque – uma demonstração amorosa que a arrancasse da sua marmórea impassibilidade. Ou tudo ou nada. Ou dava-me o coração ou punha-me no olho da rua.

Restava saber uma coisa só – se no momento da demonstração a timidez não me trairia a vontade...

Quando chegou o domingo, levantei-me mais cedo e fui ao mercado de flores. Comprei as mais belas violetas e a sobraçá-las parti para Friburgo no primeiro trem. Lá me dirigi ao cemitério onde repousavam os restos do professor Benson. Pela segunda vez eu levava flores ao jazigo do pai da maior maravilha do século – Miss Jane...

Ao transpor o portão do pequeno cemitério meu coração bateu. Vi de longe um vulto querido a espalhar rosas sobre o túmulo do velho sábio. Aproximei-me com um pressentimento na alma – "é hoje"...

– Também aqui? – disse Miss Jane ao avistar-me, estendendo para mim a sua mão gelada pelo frescor matutino.

Vi que era chegado o momento. Armei-me de todas as coragens e comecei:

– Miss Jane, eu...

Mas engasguei. Já estava ela de olhos muito fixos no túmulo, com o ar de quem repete mentalmente o "morrer... dormir... sonhar, quem sabe?" de Shakespeare. Estava puro espírito em excesso...

Ficamos os dois silenciosos por alguns momentos. Depois Miss Jane falou, como respondendo a si própria e sempre de olhos cravados no túmulo:

– Nem ele! Nem ele que penetrava o passado e o futuro adiantou um passo na decifração do enigma da vida...

Engoli de vez o meu propósito. Não era o momento. O formoso Hamlet de faces róseas, cabelos afogados em boina de veludo negro e corpo revestido de perfeito *tailleur*, pairava muito distante de mim...

Apesar disso tomei-lhe a mão e apertei-a de novo, suavemente. Miss Jane olhou-me nos olhos com a funda melancolia dos que penetram no mui longe das coisas – e nada veem do que vai por perto.

Dali seguimos juntos para o castelo, sem que a paisagem nem o ar fino da manhã dissipassem a tristeza dela e a minha decepção. No castelo, por uma hora, só falamos do professor Benson, com longos intervalos de silêncio – intervalos de silêncio em que eu lamentava a coexistência de puros espíritos em corpos assim tão perturbadores.

Depois do almoço, o primeiro que fiz em sua companhia, a nuvem das saudades passou e retomamos a nossa excursão pelo ano 2228.

– Onde estávamos? – principiou ela.

– Em Kerlog, já libertado do pesadelo elvinista – respondi.

– Sim, é isso. As mulheres aderiram ao *Homo* e tudo mudou, como era natural. A raça branca formava novamente um bloco unido e apto a organizar a resistência.

– Mas a impressão do golpe de Jim? Como o recebeu o país? – perguntei suspirando.

– Com estupefação. Pela primeira vez na vida de um povo ocorria um fato que interessava a todos os seus componentes, sem exceção de um só. E como *ninguém*, a não ser Jim Roy, houvesse esperado por aquele desfecho, fácil é de imaginar o grau de assombro do espírito público.

A estupefação dos brancos derrotados não era menor que a dos negros vencedores. Haviam estes agido como autômatos; deram o voto a Roy como o dariam a Kerlog, a Miss Astor, ou o não dariam a nenhum dos três, se tal fosse a senha recebida. E agora olhavam-se uns para os outros num estonteamento de vitória em absoluto inédito para eles.

Quanto às consequências possíveis, nem de um lado nem do outro ninguém podia prever coisa nenhuma. Extenso demais era o fenômeno para ser abarcado por uma cabeça e, além disso, não tinha precedentes na história.

Só no dia seguinte é que o acesso de estupefação coletiva principiou a decair. As células do imenso organismo social foram saindo daquele penoso estado de anestesia para entrar na fase inversa da exaltação. O velho desprezo racial do branco pelo negro transformava-se em cólera, e o recalcado ódio do negro pelo branco, arreganhando os dentes, entreabria um monstruoso sorriso de revanche.

Lentamente despertava a massa negra do longo letargo de submissão e tremia de narinas ao vento, como o tigre solto na *jungle*. Toda a barbárie atávica, todos os apetites em recalque, rancores impotentes, injustiças padecidas, todas as vergastadas que laceraram a sua pobre carne até o advento de Lincoln, e depois de Lincoln todas as humilhações da desigualdade de tratamento – essa legião de fantasmas irrompeu da alma negra como serpes de sob a lage que mão imprudente levanta. E a raça triste, que através dos séculos não se atrevera a sonho maior que o da mesquinha liberdade física, passou a sonhar o grande sonho branco da dominação...

Tomado de receios ante a imensidade daquele despertar, Jim Roy auscultava os frêmitos do seu povo e media a tarefa ingente que lhe pesava sobre os ombros. Se não conseguisse manter açaimado o monstro e submisso à sua voz de comando, a momentânea vitória breve se transformaria num horrendo cataclismo. Jim Roy amava a América. Nos alicerces do colossal edifício o cimento ligador dos blocos fora amassado com o suor dos seus ancestrais. A América surgira do esforço braçal de um dirigido pelo esforço mental de outro, e pois tanto lhe falava a ele ao sangue como ao do mais orgulhoso neto dos pioneiros louros.

De instante a instante recebia comunicações dos seus agentes dando conta do estado de alma da massa. A pantera negra distendia os músculos entorpecidos, com os olhos a se rajarem de sangue...

Jim tremeu. Sabia conter os nervos da fera, dominar-lhe todos os ímpetos instintivos. Além disso via o seu já imenso prestígio de líder acrescentado com o de presidente eleito – mas estaria em seu poder sofrear o maremoto africano? Não faria dele um dique impotente a borrasca a desenhar-se?

Jim sentia no ar as ondas de fluidos explosivos, um perfeito ambiente de pólvora. O solo latejava pulsações vulcânicas. Jim tremeu diante de sua obra – e sem vacilar foi ao encontro de Kerlog. O momento impunha a conjugação da sua força com a do líder branco.

Defrontaram-se os dois chefes como duas forças da natureza, contrárias nos seus destinos, inimigas pela voz do sangue, mas irmanadas no momento por um nobre objetivo comum.

No primeiro ímpeto Kerlog apostrofou o chefe negro.

– "Vê tua obra, Jim! A América transformada num vulcão e ameaçada de morte!"

O negro cravou no líder branco os olhos frios, por um instante animados de estranho fulgor.

– "Não minha, presidente Kerlog! Não é minha esta obra. É sua, é dos seus, é de Washington, é de Lincoln. Os brancos mentiram na lei básica. E ou confessam que mentiram ou reconhecem que a situação é perfeitamente normal. Que aconteceu, presidente Kerlog? Houve um pleito e as urnas libérrimas conferiram a vitória a um cidadão elegível. Acha o presidente Kerlog que o Pacto Constitucional sofreu lesão?"

Naquele peito a peito Jim Roy dominava o adversário.

– "Mas não se trata disso", continuou ele. "O momento não é para recriminações – e em matéria de recriminações o presidente Kerlog bem sabe que jamais um branco venceria um negro... O fato está consumado; e como chefes supremos das duas raças a nós só incumbe atender à salvação comum. Se não contivermos de rédeas presas os dois monstros – o monstro da ebriedade negra e o monstro do orgulho branco – , a chacina vai ser espantosa..."

– "Ninguém sabe disso melhor que eu", retrucou o chefe da nação. "Nos estados do Sul já lavra o incêndio..."

O negro deu um salto.

– "Jim o apagará! Jim manterá presa em cadeia de aço a pantera africana. Ele a domina com os olhos como o soba a dominava no *kraal* de onde a cupidez dos brancos a tirou. Jim é rei!"

Era tal a firmeza com que o grande líder negro emitia aquelas palavras que o tom de superioridade do branco se demudou em admiração. Kerlog viu que tinha diante de si não um feliz aventureiro político, mas uma dessas incoercíveis expressões raciais a que chamamos condutores de povos. Pela primeira vez enfrentava um homem que era algo mais que um homem. E do fundo do coração Kerlog lamentou que a incompatibilidade racial o separasse de tamanho vulto.

Jim prosseguiu:

– "Mas só o farei se por sua vez o presidente Kerlog açaimar o orgulho branco. Eu domino os meus com o olhar e a palavra. O presidente Kerlog domina com a força do Estado. Em nossas mãos está pois a paz da América".

O líder branco baixou a cabeça. Meditava.

– "Pois salvemos a América, Jim!", disse erguendo-se. "Açaima tu a pantera negra que meterei luvas nas unhas da águia branca."

Um leal aperto de mão selou aquele pacto de gigantes.

– "Mas a pantera que conte com o revide da águia!", continuou o líder branco depois que as mãos se desapertaram. "A águia é cruel!..."

Jim Roy retesou-se de todos os músculos como a fera que se põe em guarda.

– "Ameaça-nos como sempre? Ameaça-nos até no momento em que a América ou rompe a sua Constituição e afoga-se num mar de sangue ou submete-se ao meu comando?"

Kerlog olhou-o firme nos olhos e murmurou com nitidez de lâmina:

– "Não ameaço. Previno lealmente. Vejo em ti uma força demasiado grande para que eu a enfrente com palavras. Estamos face a face não dois homens, sim duas almas raciais arrostadas num duelo decisivo. Não fala neste momento o presidente Kerlog. Fala o branco de crueldade fria, o mesmo que vos arrancou do *kraal*, o mesmo que vos torturou nos brigues, o mesmo que vos espezinhou nos algodoais. Como há razões de Estado, Jim, há razões de raça. Razões sobre-humanas, frias como o gelo, cruéis como o tigre, duras como o diamante, implacáveis como o fogo. O sangue não raciocina, como os filósofos. O sangue sidera, qual o raio. Como homem admiro-te, Jim. Vejo em ti o irmão e sinto o gênio. Mas como branco só vejo em ti o inimigo a esmagar..."

O largo peito de Jim Roy arfava. A fera ancestral nele alapada transpareceu no fremir das ventas grossas.

– "E não trepidará o branco em esmagar a América se for condição para esmagar o negro?", rugiu.

Kerlog retrucou calmamente como se pela sua boca falasse o próprio deus do Orgulho:

– "Acima da América está o Sangue".

Jim baixou a cabeça. Viu aberto à sua frente o eterno abismo. O sangue branco tinha a dureza do diamante. Armado de mais cérebro, dos vales dos Ganges partira para a ousada aventura conquistadora e vencera sempre e não cedera nunca. Era o nobre, o duro, o eterno senhor cujo raio fulmina. Era o criador. Do rude instinto de matar do troglodita extraíra a sua grande arte, a Guerra. Forjara a espada, dominara o gás que explode, violara o profundo das águas e a amplidão dos ares. E com esse feixe de armas incoercíveis rodeara como de baionetas o diamante do seu Orgulho.

Tudo isso, num clarão, viu Jim Roy naquele homem que sereno o arrostava. E o que ainda havia de escravo no sangue do grande negro vacilou. Jim sentiu-se como retina ferida pelo sol. Mas sem demora reagiu. Ergueu-se e mais firme que nunca disse com dureza de rocha na voz:

– "Seja! E porque assim é dei o supremo golpe. A América é tão sua quanto minha. Tenho-a nas mãos. Vou dividi-la".

– "A justiça está contigo, Jim. Manda a justiça dividir a América. Mas o Sangue está acima da justiça. O Sangue tem a sua justiça. E para a justiça do Sangue Branco é um crime dividir a América."

Jim novamente baixou a cabeça e emudeceu. Pela segunda vez sentia-se como a retina ofuscada pelo sol.

O presidente Kerlog aproximou-se dele e, com as mãos nos seus ombros largos, disse:

– "Vejo-te grande como Lincoln, Jim, e é com lágrimas nos olhos que contemplo a tua figura imensa, mas inútil... Adeus. Atendamos ao instante, açaimemos as nossas raças – mas não fique entre nós sombra de mentira. O teu ideal é nobilíssimo, mas à solução de justiça com que sonhas só poderemos responder com a eterna resposta do nosso orgulho: Guerra!"

E os dois seres humanos subsistentes no imo dos dois líderes raciais abraçaram-se com lágrimas...

Miss Jane fez uma pausa, atenta à minha comoção. Aquele duelo de gigantes agitara fundo o meu ser. Tive a impressão de que jamais a história oferecera lance mais grandioso – nem mais cruel. Vi claros inúmeros pontos até ali obscuros na marcha da caravana que do fundo das idades vem vindo a entredegolar-se com sanhudos ódios. Vi um sonho de Ariel esfumado nas alturas – a Justiça Humana; e vi na terra, onipotente, a Justiça do Sangue – um raio cego...

– E depois? – perguntei. – Voltou a paz à América?

– Sim – respondeu Miss Jane. – Os dois líderes entraram a agir de pronto. A ação de um foi tão rápida e segura como a de outro. A pantera negra recolheu as garras e a águia branca enluvou as unhas.

Mas o beluário negro sentia-se ferido. As palavras que a raça branca pusera na boca de Kerlog cravaram-se-lhe no coração como as zagaias dos seus avós no peito dos leões africanos – mortalmente...

CAPÍTULO XIX

Burrada

Para descanso do meu espírito Miss Jane passou a falar do movimento feminino, tema que muito me interessava.

– O partido elvinista – disse ela – desapareceu do cenário nacional como neve exposta ao fogo. Poderosíssimo na véspera, tão poderoso que batera seu adversário, o Partido Masculino, por meio milhão de votos, achava-se agora reduzido a uma só partidária: Miss Elvin. Todas as mais haviam aderido aos homens escandalosamente, como se lá no íntimo nunca tivessem ansiado por outra coisa.

O tempo ia passando e Miss Elvin não se recompunha do formidável trambolhão sofrido. Para o *meeting* marcado em sua casa no dia das eleições não aparecera ninguém, e atirada a uma poltrona do salão deserto a irredutível sabina permaneceu até tarde da noite, furiosa, com os olhos cravados no aparelho por onde irradiara a última proclamação do *Remember Sabino*!

– Última, Miss Jane?

– Última, sim, porque esse jornal havia morrido de súbito colapso. Todas as assinantes haviam cortado a ligação, e se Miss Elvin tentasse radiar uma só palavra que fosse vê-la-ia perder-se virgem de ouvidos pelos intermúndios siderais.

A um canto da sala havia um enorme gorila empalhado, com um dístico insultante: "O avô do ladrão". Era olhando para aquela bestial carcaça avoenga que Miss Elvin compunha as suas terríveis catilinárias contra o *Homo sapiens*, ao qual jurara descer da sua posição de macho natural da mulher.

– Mas haveria sinceridade nisso? – perguntei.

– Sinceridade estética evidentemente; forma de sinceridade tão legítima como outra qualquer.

Não entendi muito bem. Miss Jane dizia às vezes coisas um tanto acima da minha débil compreensão...

– Essa teoria – prosseguiu ela – fez carreira e exerceu uma função muito curiosa na América: congregar todas as fêmeas que por uma circunstância ou outra se desavinham com os machos – esposos, noivos ou namorados –, e foi com esses elementos que se constituiu o partido elvinista. Partido instável, aliás, e sempre renovado. Diariamente nele se inscreviam milhares de adeptas e se eliminavam outras tantas. Entravam as brigadas com o homem e saíam as reconciliadas...

Mesmo assim Miss Elvin elevou muito alto as suas construções, chegando até, como já disse, a criar ciências novas, adaptadas à mentalidade das mulheres.

A Universidade Sabina fez furor. Não tinha sede ao sistema de hoje, como aliás a maioria dos estabelecimentos de ensino da época. As lições eram radiadas diretamente para a residência das alunas. A ciência elvinista possuía seus métodos próprios, nada semelhantes aos da velha ciência dos homens. Em aritmética, por exemplo, 2 + 2 não era forçosamente igual a 4. Era igual *ao que no momento conviesse.*

– Vejo – disse eu – que é bem verdade o "nada há de novo debaixo do sol". Para quanta gente hoje a verdadeira matemática não é essa! Mas como era a ciência sabina, Miss Jane? Fale-me dela.

Miss Jane explicou que o grande princípio da ciência sabina era admitir como base de tudo a *veneta*; e, como a veneta é de si feminina e instável, nenhuma das ciências novas, inclusive as matemáticas, possuía base fixa. Tudo ondeava, como o mar de onde procediam as sabinas. E por absurdo que isto nos pareça, a nós deste presente educado na rigidez da velha ciência de Aristóteles e Bacon, as teorias de Miss Elvin trouxeram ao espírito humano a sua contribuição de beleza. Foi a vitória do furta-cor, da onda, do reflexo fugidio do loie-fulerismo[1], contrapostos à

[1] *Expressão derivada do nome da famosa bailarina americana Loie Fuller (1862-1928), uma pioneira no estudo da iluminação no palco, que visitou o Brasil, apresentando-se no Rio de Janeiro e São Paulo (1904), causando grande impressão em nosso meio artístico-literário da época. Nota da edição de 2009.*

cor fixa, à rigidez do cubo, à constância equacional dos termos. Isso se adaptava maravilhosamente à agilidade do pensamento mulheril, e foi justamente essa feição sedutora, amável e libérrima da teoria que determinou o enlace de todas as mulheres para o terreno político, operando a cisão branca.

– Qualquer coisa como o futurismo de hoje, não acha?

– Isso. Teorias de repouso, com base num sutil malabarismo de lógica, que servem para romper o monótono de certeza, de verdade, da coisa tida e havida como justa. O espírito humano nelas se recreia e se espoja, como se espoja na poeira o cavalo cansado.

Miss Elvin, entretanto, ao invés de mostrar-se desolada com as consequências do seu movimento só via o lado pessoal do desastre. Fora violenta demais a sua queda. O sonho maravilhoso erguera-a às nuvens e a sabina acabou convencida de que era de fato messiânica. E, como tinha o gênio impulsivo, não podia conter o furor diante da deserção até das amigas mais próximas.

Em certo momento, no dia do grande *meeting*, Miss Elvin olhou para a cara bestial do gorila empalhado como quem olha para um inimigo de carne. O monstro, de dentes à mostra, parecia sorrir-lhe ironicamente.

– "Venceste ainda uma vez, meu celerado! Mas a crise passará e justaremos contas...", disse ela atirando-lhe à cara uma veneranda *Origem das espécies* de Charles Darwin.

Estava plenamente convicta de que quando o país reentrasse na normalidade ressurgiria o partido sabino. A onda fora-se. Mas o próprio da onda é ir e vir.

– "*She is false as water...*" – repetiu Miss Elvin por sua vez, espraiando o olhar para o futuro.

E assim foi. Quando o país recaiu na paz de sempre, o *Remember Sabino!* reapareceu e houve um perfeito *da capo* do elvinismo, como nas músicas...

Miss Jane fez pausa. Notou talvez que eu estava inquieto, em luta com alguma ideia. E não errara. Qualquer coisa me dizia que era o momento de declarar a minha sopitada paixão. O sangue estuava-me nas veias e por fim a palavra de amor que romperia a barreira assomou-me à boca. Mas ao chegar à boca transformou-se, e o que saiu foi uma filha da timidez disfarçada em curiosidade:

– E Miss Astor? – perguntei.

– Essa irradiava de contentamento, como se o reatar relações com o difamado *Homo* lhe houvesse correspondido a um secreto anelo do coração. Durante o período agudo da agitação elvinista operara-se uma completa ruptura entre os membros dos dois partidos, e Miss Astor chegou a zombar de Kerlog, por quem possuía uma séria inclinação sentimental. O desfecho inesperado das eleições, entretanto, viera romper a frieza e aproximara-os de novo, fato que a enchia de secretas esperanças. As demais elvinistas, já saudosas do macho tradicional, também aproveitaram o ensejo para uma reconciliação – e é de crer que nunca houvesse maior safra de beijos na América.

Remexi-me na poltrona. Tanto beijo lá longe e uma criatura humana a definhar ali por falta de um *só*...

– Isso explicava – continuou a desentendida Miss Jane – o estranho fenômeno de só as ex-adeptas de Miss Elvin demonstrarem uma clara e inquieta alegria justamente na hora mais pressaga da nação. Enquanto todos se entregavam a penosas cogitações, colhidos pela angústia do momento, as ex-sabinas vogavam em pleno mar de uma doce lua de mel.

A crise de ternura não passou despercebida ao ministro da Seleção Artificial.

– "Vai altear-se o índice dos nascituros brancos", disse ele a um colega no momento em que subiam os degraus da Casa Branca para a reunião do ministério. "Prevejo o congestionamento de Erópolis..."

Kerlog já lá estava no salão do conselho, mais sereno do que na véspera, embora ainda cheio de rugas na fronte. A conferência com Jim Roy abalara-o profundamente. Sentira que não era o negro um ambicioso vulgar, como tinha suposto. Via agora em Jim uma nobre alma de patriota, capaz do supremo heroísmo de sacrificar-se pela América. E graças a seu concurso podia o governo estudar com a necessária calma a gravíssima situação.

Reunidos todos os secretários, quem primeiro falou foi o ministro da Paz, antigo juiz cujo respeito pela Constituição tinha algo de supersticioso.

– "Refleti durante a noite sobre o caso", disse ele, "e cheguei à conclusão de que a nós só compete uma coisa: mostrar-nos fiéis à memória dos instituidores da nação. A lei básica existe e a nossa missão suprema é fazê-la cumprir. Foi eleito um cidadão americano tão elegível como o senhor Kerlog ou Miss Astor. Governo que somos, a lei nos obriga a aceitar o fato, mantendo a ordem e empossando Jim Roy no dia que a lei manda."

– "Perdão!", interveio o ministro da Equidade. "Creio que o senhor Kerlog não nos convocou para o exame formal do problema. Seria inútil, sobre infantil. O problema transcende a esfera política e torna-se racial. Neste momento não estamos aqui como secretários de Estado e sim como brancos afrontados pelos negros. Acima das leis políticas vejo a lei suprema da Raça Branca. Acima da Constituição vejo o Sangue Ariano. O negro nos desafia. Cumpre-nos aceitar a luva e organizar a guerra."

Kerlog sorriu. Via o seu ministro expender as mesmas razões que ele lançara contra Jim. A voz do Sangue, sempre...

A discussão foi breve. Tirante o ministro da Paz, todos apoiaram o ponto de vista do ministro da Equidade – e Kerlog encerrou a audiência com estas palavras:

– "Possuímos uma delegação política e com os poderes que ela nos outorga não podemos resolver um problema de sangue. Meu pensamento é que se convoque a convenção da Raça Branca. Como há razões de Estado, também há razões de raça que nos cumpre ouvir e atender".

A ideia foi unanimemente aprovada.

– O que admiro – comentei eu – é a concisão e firmeza dessa gente da América futura. Se fosse entre nós hoje, que barulheira, que discurseira de não acabar mais!

– Tem razão, senhor Ayrton. A uma criatura de hoje que assistisse aos acontecimentos do ano 2228 nos Estados Unidos, nada espantaria tanto como o alto controle de si próprio que o homem revelava. Nada de tumulto, de anarquia individualista, de desnecessárias violências na linguagem ou nos atos. É que os processos seletivos tinham banido da sociedade os tarados, inclusive os retóricos. Todas as perturbações do mundo vinham da ação antissocial desses maus elementos. Até a vitória prática do eugenismo, a desordem humana raiara pelo destempero – e não podia deixar de ser assim, visto como um alcoólatra, um retórico ou um burocrata tinham tanta liberdade de encher o mundo de futuros pensionistas das prisões, dos prostíbulos e das câmaras de deputados como um homem são de o povoar de silenciosos homens de bem. A má semente humana gozava de tantos direitos como a semente que abrolhou em Lincoln. E a caridade, a filantropia, a assistência pública em matéria de defesa social não faziam senão despender enormes quantidades de dinheiro e esforço na criação de hospitais, asilos, hospícios, prisões, casas de congresso, repartições públicas, isto é, abrigos para os produtos lógicos da má origem. A ideia de seleção da semente, de há muito vitoriosa na agricultura e na pecuária, só não se via aceita no campo que mais deveria interessar ao homem. Uma velha ideologia mística vinda da Ásia hebraica e um falso conceito de liberdade vindo do 89 francês, a isso se opunham tenazmente. Quando em 2031 Owen propôs a lei espartana, a resistência ainda se mostrou forte; mas o alto progresso do espírito da América permitiu-lhe a vitória. Pouco depois, quando o mesmo Owen formulou a lei da esterilização dos tarados, embora fosse colossal o número dos atingidos, já se revelou menor a resistência e a lei venceu por esmagadora maioria.

Bastou um século de inteligente e sistemática aplicação dessas leis áureas para que o povo americano se alçasse a um grau de elevação física, mental e moral que nem o próprio Owen chegara a sonhar. Fecharam-se as prisões e com elas os hospitais, os hospícios e asilos de toda espécie. E os sociólogos da época entraram a assombrar-se da estupidez dos seus ancestrais...

– Nós...

– ... que passavam a vida lutando contra os produtos do mal sem terem a ideia de suprimi-lo com supressão da má semente.

Até a miséria, cancro julgado pelos velhos filósofos como contingência humana, viu-se gradualmente extinta à proporção que o progresso seletivo operava os seus lógicos efeitos. Com ela desapareceram automaticamente a prostituição e as formas baixas do crime.

O direito de reprodução passou a ser regido pelo Código da Raça, o mais alto monumento da sabedoria humana. Só quem apresentasse a série completa de requisitos que a eugenia impunha – requisitos que assegurassem a perfeita qualidade dos produtos – é que recebia do Ministério da Seleção Artificial o *brevet* de "pai autorizado".

– Mas realmente parece incrível, Miss Jane – exclamei com horror –, que ainda hoje tenha o direito de ser pai quem quer! Morféticos há ali na roça que botam no mundo anualmente pequeninos lázaros. E ninguém vê, ninguém diz nada, todos acham que está tudo direito...

Eu sentia-me a ferver, com ímpetos de pular para a rua e berrar para todos os ventos:

– Burrada!...

Miss Jane acalmou-me a fúria e prosseguiu:

– E não parava aí a intervenção seletiva. Se um "pai autorizado" pretendia casar-se, tinha de apresentar-se com a noiva a um Gabinete Eugenométrico, onde lhes avaliavam o índice eugênico e lhes estudavam os problemas relativos à harmonização somática e psíquica. Caso um deles não atingisse o índice exigido, poderiam contrair núpcias, mas sob a condição de infecundidade.

– Como é claro e inteligente isso! – exclamei. – Burrada!...

– Reproduzir a espécie tornou-se um ato de altíssima responsabilidade, já que era de altíssima relevância para o progresso da espécie. A ideia de exigir habilitações oficiais para certos atos da vida é velha – mas exclui o ato de dar vida à prole futura. Exige o Estado de hoje habilitação brevetada para quase tudo, para que um homem trabalhe no foro, construa uma casa, cure uma dor de barriga...

– ... enrole uma pílula...

– ... mas nada exige de quem pretende dar vida a um novo ser humano, elo inicial, muitas vezes, de uma cadeia sem-fim de desgraçados ou criminosos.

– Burrada! Burrada!... – exclamei deveras revoltado contra a estupidez vigente. – E como não ser assim, se qualquer Sá ou qualquer Pato dirige a opinião?

Depois que meu ímpeto de revolta serenou, voltei a interpelá-la acerca de um ponto que andava a espicaçar a minha curiosidade.

– E o casamento, Miss Jane? Já falou diversas vezes em casamento e estou curioso por saber se essa palavra em 2228 diz o mesmo que hoje.

– Diz e não diz – respondeu Miss Jane. – Nos casamentos em que o fim era a procriação, o Estado intervinha com olhos de lince. Sendo o objetivo a prole sã de corpo e alma, compreende o senhor Ayrton que todo o rigor era pouco para evitar desvios funestos ao futuro da raça. As criaturas autorizadas a procriar constituíam uma espécie de nobreza. Todos as respeitavam como as eleitas da espécie, preciosas linhas diretrizes do amanhã. O supersticioso acato que mereciam outrora os duques, marqueses e barões por mercês arbitrárias de tronos e sólios pontifícios passou a caber aos pais pelo simples fato de serem pais. Ser pai valia por um diploma de superioridade mental, moral e física, conferido pela natureza e confirmado pelos poderes públicos.

Esse casamento aproximava-se do nosso em muitos pontos. Era também dissolúvel. Mas conquanto dissolúvel, raro se dissolvia: a harmonização pré-nupcial dos Gabinetes Eugenométricos quase não dava oportunidade a erros.

Nos outros casos os cônjuges uniam-se e desuniam-se com a máxima liberdade e desembaraço. Nada tinha que fazer o governo em um contrato bilateral onde só valia a vontade dos contratantes.

– Quer dizer que o número dos divórcios cresceu espantosamente...

– Ao contrário, diminuiu como nunca se esperou. E diminuiu em virtude da única imposição que a lei fazia a esses contratos: as férias conjugais obrigatórias.

– ?!

– Sim, férias. A experiência psicológica demonstrou que o mal do casamento vinha mais do enfaro recíproco dos cônjuges do que da essência dessa forma de associação sexual. Instituíram-se as férias, como temos hoje as forenses, as colegiais etc. E essa separação periódica agiu com tamanha eficácia que os casais passaram a ter duas luas de mel por ano, luazinha após as férias pequenas e lua cheia após as grandes. Não houve mais necessidade de recorrer-se ao violento drástico do divórcio, como o temos hoje. O suave laxante das férias limpava os cônjuges das toxinas do enfaro e renascia-lhes o amor ao *petit-feu* das saudades.

– Puro ovo de Colombo! – exclamei. – Estou vendo que tudo é ovo de Colombo na vida...

– Será, mas o Colombo deste ovo só apareceu no século XXIII. Foi Johnston Coolidge, autor do famoso livro *Toxinas conjugais* – concluiu Miss Jane.

Pela primeira vez fui eu quem pôs fim a um domingo. Estava ansioso por voltar à cidade e nos cafés, na rua, no escritório, pregar a eugenia e insultar a estúpida gente que não vê as coisas mais simples. A consequência foi que só dormi pela madrugada. E sonhei, agitado. Sonhei a cidade tão limpa dos seus aleijões que ficava reduzida unicamente a duas criaturas de mãos presas – eu e Miss Jane...

CAPÍTULO XX
A Convenção Branca

Desta vez não tive paciência de esperar novo domingo. Havia um feriado no meio da semana e aproveitei-o para voar ao castelo antes do almoço.

Delicioso almoço! Figurei-me durante ele já marido da gentil hospedeira e dono do castelo. Cheguei a olhar com olhos de proprietário através das vidraças, por onde se viam terras e mais terras ótimas para a cultura. Mas foi momentâneo o meu deslize. Do fundo da alma eu só queria ser dono do coraçãozinho que palpitava no seio da castelã.

Tomamos café na varanda e em seguida Miss Jane retomou o fio da história.

– A elevação do índice eugênico-mental do povo da América no ano do choque das raças já era notabilíssima; o modo como agiu a Convenção Branca o demonstrou mais uma vez. Falar em convenção é lembrar a Convenção Francesa, aquele tumulto utópico que fez retórica às toneladas e decepou cabeças aos montões, como se a produção de frases e a redução de vidas pudessem aumentar o trigo dos celeiros, causa real de todos os males da França.

A Convenção Branca de 2228 nem por sombras lembraria o redemoinho alto-falante de 1789.

Já na composição desse corpo representativo nada se fez como outrora. Os convencionais não penetraram nele por força dos azares eleitorais e sim por um processo novo de delegação. Todos os ramos da atividade americana tinham à sua testa, naturalmente levados a esse posto pelo grau de eficiência mental demonstrado, homens que mereceriam o nome de chefes naturais, ou líderes natos. Como hoje é Henry Ford o líder nato da indústria americana em virtude da higidez universalmente reconhecida das suas ideias e realizações, assim naquele tempo cada ramo de atividade possuía um líder natural, mantido nessa situação por consenso unânime. Funcionavam tais chefes naturais como órgãos especialíssimos, ápices, vértices, cimos, estações centrais, bulbos raquidianos da classe. Ninguém lhes discutia as ideias e decisões, súmulas sempre da mais alta sabedoria possível no momento – e o chefe cujas ideias passavam a ser discutidas via-se logo automaticamente apeado dessa posição.

De modo que foi facílimo convocar a Convenção Branca. Além de já estarem naturalmente indicados, os convencionais se resumiam em seis criaturas, respectivamente líderes da indústria, do comércio, das finanças, da arte, das ciências e das letras. Eram eles os senhores George Abbot, morador em Detroit e chefe da indústria das bonecas falantes, o supremo encanto das crianças americanas; John Perkins, morador em Hudson, onde mantinha um pequeno comércio de peles de lontra branca; Harmsworth, diretor do Banco Universal; John Leland, criador da Puericultura Estética; John Dudley, pai da cor número 8 e autor de 72 invenções; e finalmente Dorian Davis, poeta de um soneto único sobre o qual se achava a América dividida em dois imensos grupos – os que tinham como defeituoso o quarto verso e os que o tinham como uma forma de beleza só perceptível no futuro.

O presidente Kerlog não encontrou dificuldades em reunir a Convenção. Radiou uma sucinta mensagem na qual pedia a cada uma das classes sociais a indicação do seu representante para o exame do *impasse* criado pela vitória dos negros. Uma hora depois o aparelho receptor do Capitólio registrava os seis nomes previstos, só não havendo unanimidade quanto à indicação do representante das letras. Os que consideravam defeituoso o quarto verso do soneto de Davis preferiram votar em branco.

Dois dias mais tarde congregavam-se na Casa Branca os seis expoentes supremos da raça, sob a presidência do senhor Kerlog.

Solenidade de protocolo, nenhuma. Eram homens simples no trajar e nos modos, criaturas nada relembrativas dos figurões que se reúnem hoje em conferências internacionais, vestidos de soleníssimas sobrecasacas e com solenérrimos tubos de chaminé reluzentes nas cabeças, como se a plumagem dos perus influísse alguma coisa nas ideias dos perus.

Sentaram-se os seis expoentes e ouviram a breve exposição de motivos do chefe de Estado. Declarou este que ocupava apenas um posto político e se via numa emergência racial. Nada fizera, nem faria, antes que a suprema delegação da raça definisse com rigor o caso e lhe estabelecesse um rumo. Como governo, executaria em seguida o *veredictum* altíssimo. Pedia, pois, aos presentes que lhe dessem as "razões da raça".

Os convencionais ouviram-no com amável atenção e passaram a conversar de outros assuntos, como se estivessem num *garden-party*.

– "A minha última boneca", disse George Abbot, "além de falar, cose, varre e lava roupa, na perfeição. Tenho uma netinha de 6 anos que está positivamente encantada..."

Ao lado dele Harmsworth confessava que ainda não lera o soneto maravilhoso.

– "Falta de tempo?", indagou Davis.

– "Não. Há em minha casa uma harmonia perfeita sobre o assunto e receio perturbá-la adotando um ponto de vista discordante..."

Já Leland debatia com Dudley a possibilidade da cor número 9 e propunha um lindo nome para essa possível filha futura do espectro solar.

À encasacada e encartolada gente de hoje parecerá estranho que homens de tal envergadura, e em momento tão angustioso, assim puerilmente se recreassem num congresso presidido pelo chefe da nação. É que os nossos medalhões, envenenados pela retórica e pelo atitudismo, não alcançam certas formas da ultrabeleza, nem compreendem certos segredos da ultrapsicologia.

Justamente porque era gravíssima a decisão que iam tomar, e na realidade decisiva para os destinos do gênero humano, procuravam manter a serenidade de espírito com repousantes trocas de ideias gentis, enquanto nas profundas dos respectivos cérebros a sentença suprema se elaborava.

Passados quinze minutos nesta recreação espiritual, John Leland ergueu-se e disse com grande calma, depois de grafar num papel meia dúzia de sinais:

– "Senhor presidente, minha ideia está formada e eu a consigno nesta moção, que tenho a honra de submeter a votos. Vou lê-la".

Fez-se no recinto um augusto silêncio. Se ainda houvesse moscas no ano 2228 poder-se-ia ouvir alguma voar na sala. Todos sentiam que a Raça Branca ia falar a palavra última, a palavra de sentença do mais alto tribunal que ainda se reuniu no mundo.

Leu Leland a sua moção, sucinta e nítida como era de esperar. Sua voz soou como um dobre a finados. Apesar da firmeza de ânimo dos convencionais, sentia-se que estavam todos de alma tensa como corda de violino em ponto de romper-se. Fugira-lhes das faces o sangue; até o senhor Kerlog, sempre rosado, parecia um vulto de cera.

Quando o último eco da moção Leland morreu naquele ambiente de tumba, todas as cabeças se inclinaram para o peito e todos os olhos se fecharam. A Raça Branca elaborava o seu voto decisivo...

Alguns minutos transcorreram assim. Ao cabo o presidente Kerlog murmurou:

– "Está a votos a moção Leland".

O primeiro que se ergueu foi Dudley.

– "Voto com Leland", disse ele e sentou-se.

Ergueu-se em seguida Harmsworth e disse:

– "Voto com Leland".

O terceiro foi Abbot, que murmurou sem levantar-se da cadeira:

– "Idem".

Os outros limitaram-se a dar igual voto com uma simples inclinação de cabeça.

Estava lavrada a sentença de ponto final do negro na América! Sem verborréia, sem inútil dispêndio de retórica, sem citação dos *gros bonnets* da etnologia e da sociologia, a Suprema

Convenção da Raça Branca traçara o diagnóstico e dera o remédio exato.

O presidente Kerlog pronunciou mais meia dúzia de palavras e... pronto! – concluiu Miss Jane.

Confesso que fiquei desapontado. Quando Miss Jane abordou aquele assunto preparei-me para ouvir coisas tremendas. Uma Convenção! A Convenção da Raça Branca! Nunca no mundo se reunira congresso mais alto e preposto a fins mais terríveis. Esperei portanto qualquer coisa de tão eloquente como um jato de seis Mirabeaus, multiplicados por seis Dantons. Em vez disso, um homem que apresenta uma breve moção e mais cinco sujeitos ultrapacíficos que a aprovam friamente – alguns até com a cabeça, sem se erguerem das suas poltronas. Era demais!

– Só isso, Miss Jane? – exclamei com cara de espectador roubado.

– Só – respondeu ela, muito divertida com o meu logro. – Que mais queria?

Minha alma de latino espalhafatoso não se conformava com a falta de espalhafato.

– Eu queria uma tempestade com raios e trovões. Queria um Jeová tonitroando na sarça ardente. Ou, pelo menos, eloquência, que diabo!

– Haverá maior eloquência do que a da precisão absoluta?

Não me convenci. Não ia comigo tanta frieza. Meu sangue quente pedia barulho, berros, murros na mesa, desaforos... Resignei-me, porém, e minha curiosidade tomou pé.

– Mas, afinal de contas, que é que dizia a moção Leland? – indaguei.

– Ignoro – respondeu Miss Jane. – Foi secreta. Só o presidente, os seis convencionais e depois os técnicos do Estado tiveram conhecimento dos seus termos.

Miss Jane sorria. Ocultava-me qualquer coisa, com certeza para me surpreender no fim. Não insisti e, resignado, disse-lhe:

– Continue, Miss Jane...

Miss Jane continuou.

CAPÍTULO XXI

Uma dor de cabeça histórica

– Quando os convencionais deixaram a Casa Branca, o último a despedir-se foi o senhor John Dudley, pai da cor número 8 e autor das 72 invenções.

Era esse Dudley um velhinho de olhar muito vivo e alegre, cuja inteligência tinha fama de ser a mais pronta da América, a mais facetada e contornante. Apreendia tudo instantaneamente, sob todos os aspectos possíveis.

Ao apertar a mão do presidente Kerlog, disse ele com ar enigmático:

– "Faço votos para que o senhor presidente descubra a solução prática com a mesma facilidade com que o senhor Leland descobriu a solução teórica. Isso lhe trará, talvez, uma certa dorzinha de cabeça. Se por acaso se agravar essa dor de cabeça e não ceder a nenhum sedativo, lembre-se deste seu criado e chame-o. Quero ter a honra de curar uma dor de cabeça histórica..."

Disse e saiu a sorrir. Kerlog ficou uns instantes a meditar naquelas palavras enigmáticas, que traziam evidentemente uma intenção oculta. O homem das 72 invenções nada dizia às tontas.

– "Será que John Dudley possui de sua invenção alguma famosa superaspirina?", pensou consigo o chefe de Estado. Mas o tumulto das preocupações governamentais fê-lo em breve esquecer-se do incidente.

A semana que se seguiu à Convenção foi o pior momento de vida que ainda passou um presidente americano. O ministério vivia em reuniões contínuas, e era de fuga que aqueles homens tomavam algum repouso. A tarefa de manter o país em calma, de evitar a explosão das duas massas prenhes de eletricidades contrárias e suscetíveis de explosão ao menor choque agravava-se com a premência de solver o caso dentro da fórmula votada pelos convencionais. Mas entre propor com toda a frieza uma solução daquelas e descobrir os meios de possibilizá-la ia um abismo.

O ministro da Paz chegou a irritar-se.

– "São facílimas as soluções dessa ordem", disse ele. "Creio até que se em vez de seis velhos líderes reuníssemos aqui seis crianças de escola o resultado seria o mesmo. É absolutamente impraticável a fórmula Leland."

O presidente Kerlog possuía caráter mais obstinado do que o do seu ministro. Assim foi que o objetou:

– "Costumamos chamar impraticável ao que não praticamos ainda. Lembre-se de Colombo com o ovo..."

– "Perfeitamente", contraveio o ministro, "mas já se passou uma semana e não nos ocorre saída. Estou cansado de examinar as sugestões dos nossos técnicos, todas absurdas, porque em grau maior ou menor implicam o emprego da força, o que seria desencadear a tormenta. As sugestões de hoje – sete! – parecem-me tão idiotas como as anteriores".

Na realidade assim era. Debaixo do mais absoluto segredo cerca de cinquenta técnicos do Estado, dos mais hábeis que se puderam reunir, davam aos miolos as maiores torturas para afastar do remédio proposto por Leland o termo *coação*.

Os ministros já manifestavam sintomas de *surmenage*. Horas e horas perdiam a debater o caso, e nem no sono tinham repouso: o trabalho mental subconsciente os torturava de pesadelos.

No oitavo dia o presidente apareceu na sala de trabalho a cheirar um frasco de sais. Era a dorzinha de cabeça prevista por John Dudley. No décimo dia essa dor agravou-se de modo a inspirar receio aos ministros. Felizmente a memória do senhor Kerlog funcionou a tempo e fê-lo recordar-se das palavras do convencional Dudley ao despedir-se.

– "A dor de cabeça mata-me", radiou ele para o homem das 72 invenções. "Acuda-me com o remédio, caro Dudley!"

Naquele mesmo dia, à noite, reapareceu John Dudley na Casa Branca, sendo logo introduzido nos aposentos particulares do presidente.

– "Bem-vindo seja!", disse este com a mão na testa. "A cabeça estala-me e a dor não cede a sedativo nenhum. Acuda-me com a sua ultra-aspirina."

John Dudley sorriu com malícia.

– "Ouça-me", disse ele, "ouça-me com atenção que sarará dentro de cinco minutos. O seu mal cura-se com um tópico que só eu possuo".

E Dudley começou a falar. Ao cabo do segundo minuto, o presidente Kerlog tirava a mão da testa. Ao fim do terceiro, sorria. Ao quinto, saltava da poltrona e vinha apertar nos braços o terrível velhinho.

– "Maravilhoso!... Mas então é assim absoluto o efeito?"

– "Fiz todas as experiências e tirei todas as contraprovas", respondeu Dudley. "O efeito é absoluto!"

– "Sem dor, sem lesão, sem que o paciente sequer o suspeite?"

– "Exatamente!"

Kerlog sorria, com o olhar distante. O problema que em vão a política tentara solver a ciência resolvia por um processo mágico.

– "Efeito duplo, então?", insistiu o presidente.

– "Triplo, aliás", retrucou o malicioso sábio.

O presidente fez cara de surpresa.

– "Sim, pois cura também as dores de cabeça históricas..."

Kerlog sorriu e novamente abraçou o homem das 72 invenções.

– Miss Jane – disse eu interrompendo –, está a senhora a judiar comigo! Macacos me lambam se percebo qualquer coisa...

– Uma pontinha de mistério é indispensável no tempero dos romances – respondeu a linda criatura. – O senhor Ayrton vai ser romancista; deve pois ir aprendendo o sutil segredo da dosagem dos ingredientes...

Miss Jane estava a brincar comigo, não havia dúvida. Punha fogo ao estopim da minha curiosidade e deixava-o a arder...

– No dia seguinte – continuou ela –, reapareceu na Casa Branca o senhor John Dudley, desta vez sobraçando um esquisito embrulho – um embrulho fofo, como se contivesse cabelos humanos.

Entrou e passou uma boa hora em conferência com o presidente e mais os seus ministros.

O que lá houve ninguém conseguiu saber. Só se soube que, finda a reunião, ao descerem a escadaria, disse o ministro da Paz ao da Equidade:

– "O eterno ovo de Colombo! Bem dizia o presidente que era necessário teimar..."

– "E que lindos ficam os cabelos!", comentou o da Equidade. "Não só se alisam, como afinam e se tornam sedosos. O peixe morrerá pela carapinha, não há que ver..."

– Miss Jane... – comecei eu, interrompendo-a nesse ponto.

A moça, porém, tapou-me a boca e deu o sinal do chá.

Fiz a cara de compunção com que sempre recebia o tal ponto e vírgula. Mas errei.

– Não faça esse bico de criança – disse Miss Jane com a sua finura habitual. – O chá hoje é apenas vírgula. O senhor Ayrton está convidado a jantar aqui.

Meu coração deu cabriolas dentro do peito, e arrastado por um impulso incoercível tomei... a mão da minha amiga e beijei-a. A mão! Apenas a mão! Timidez – teu nome era Ayrton Lobo!...

– Mas o enigma dos cabelos, Miss Jane? Decifre-mo logo, que estou a arder de curiosidade – pedi-lhe logo depois do chá.

– Uma história muito simples, senhor Ayrton. John Dudley dedicava-se, havia longo tempo, ao estudo do cabelo do negro, esperançado em descobrir o meio de alisá-lo e torná-lo sedoso e absolutamente igual ao da raça branca – e muito se falou na América, alguns anos antes, nos admiráveis resultados das suas experiências. Até 2228, porém, o sábio não havia tornado pública essa invenção, que seria a 73ª. E ninguém mais pensava no caso quando, dois dias depois da sua conferência particular com o presidente Kerlog, esvoaçou pelos Estados Unidos uma notícia de sensação: John Dudley havia enfim resolvido o difícil problema capilar.

Os raios Ômega, de sua descoberta, tinham a propriedade miraculosa de modificar o cabelo africano. Com três aplicações apenas, o mais rebelde pixaim tornava-se não só liso, como ainda fino e sedoso como o cabelo do mais apurado tipo de branco. Os raios Ômega influíam no folículo e destruíam nele a tendência de dar forma elíptica ao filamento capilar. Vencido este pendor para a forma elíptica, cessava o encarapinhamento, que não passa de mera consequência mecânica.

Como é de supor, imensa foi a repercussão da notícia. Cem milhões de criaturas reviraram para o céu os olhos agradecidos. Os negros chegaram a tomar-se de puro êxtase, convictos de que das Alturas descera a pugnar por eles alguma alta divindade, como outrora os bons deuses do Olimpo. Mal repostos ainda da emoção consequente à vitória de Jim Roy, outra os empolgava agora – e esta mais fecunda, pois redundaria num aperfeiçoamento físico da raça. Já o pigmento fora destruído e, embora o esbranquiçado da pele não se revelasse cor agradável à vista, tinham esperança de obter com o tempo a perfeita equiparação cutânea. Vir agora, e assim de chofre, o *resto*, o cabelo liso e sedoso, a supressão do teimoso estigma de Cam, era, não havia dúvida, sinal de um fim de estágio. Reduzidas desse modo as duas características estigmatizantes da raça, o tipo africano melhorava a ponto de em numerosos casos provocar confusão com o ariano. Entre a Miss naturalmente branca e loura e a negra despigmentada e omegada pelo processo Dudley, era quase nula a diferença.

– Mas a cor dos cabelos? – perguntei eu, sempre curioso de minúcias.

– Cor de cabelo bem sabe o senhor Ayrton que não é coisa que dependa da natureza e sim da moda. Hoje, por exemplo, é moda o louro, e nas ruas só vemos louras – louras que amanhã aparecerão de cabelos negros como asa de corvo, se assim o determinar a moda.

Logo em seguida à notícia, estupefaciente como pitada de cocaína, incorporou-se a Dudley Uncurling Company, que estabeleceu em todas as cidades, e nestas em todos os bairros,

Postos Desencarapinhantes, como hoje vemos surgir Postos de Vacinação nos anos em que irrompe a varíola. Esses postos multiplicaram-se ao infinito e de um modo mágico, como se uma força oculta empurrasse a Dudley Uncurling Company ao desencarapinhamento da América negra no menor espaço de tempo possível.

Era dos mais simples o processo. Três aplicações apenas, de três minutos cada uma. Tais facilidades juntas ao custo mínimo – dez centavos por cabeça – fizeram que os negros acorressem aos postos como cães famintos a bofes fumegantes. A vida americana chegou a sofrer um colapso. Só se falava em raio Ômega, em folículo, em seção elipsiforme e mais capilotécnicas. A princípio irritaram-se os brancos com o que chamavam a segunda *camouflage* do negro; por fim passaram a divertir-se com o espetáculo deveras curioso da súbita transformação capilar de cem milhões de criaturas. As fábricas de pentes, grampos, loções, xampus, brilhantinas, tinturas etc. trabalhavam dia e noite sem conseguirem atender à "subitânea" procura de tais produtos. Cabeleireiros novos surgiam em todos os cantos e por mais que trabalhassem não davam conta do recado. As negras, sobretudo, viviam num perpétuo sorrir-se a si próprias, metidas dentro de um céu aberto. Passavam os dias ao espelho, muito derretidas, penteando-se e despenteando-se gozosamente. O seu enlevo ao correrem as mãos pelas macias comas omegadas levava-as a esquecer o longuíssimo passado da humilhante carapinha. Brancas, afinal! Libertas afinal do odioso estigma!

Neste ponto da narrativa um raio de luz chofrou-me o cérebro.

– Adivinho tudo agora, Miss Jane! – gritei batendo na testa. – Adivinho a verdadeira solução do problema negro na América! Nem expatriação, nem divisão do país. Apenas branqueamento do negro, "igualificação" com o branco! – decifrei eu, contentíssimo com a minha tacada.

Mas vi logo que errara de novo. No sorriso com que ela esfriou o meu entusiasmo percebi uma pontinha de piedade pela minha argúcia – pela minha pobre argúcia... Mas era tão boa Miss Jane que não teve ânimo de humilhar-me, como devia. Disse apenas, delicadamente:

– Quase, quase adivinhou! Está pertinho...

Como um caramujo cutucado, encolhi-me na poltrona de onde me erguera no assomo de ardor divinatório, e para disfarçar a rata estranhei aquele desvio do assunto principal:

– Mas a que vem esse incidente dos raios Ômega no nosso romance, Miss Jane?

A moça respondeu de lado:

– Joga xadrez, senhor Ayrton?

Eu só jogava no bicho, mas menti, corando de leve:

– Assim, assim.

– Pois nesse caso deve saber que nas partidas bem jogadas um humilde movimento de peão tem tanta importância para o xeque-mate como um espetaculoso movimento de rainha. Considere este capítulo capilar um movimento de peão e ouça agora o que vou dizer de Miss Astor.

– Movimento de rainha... – rosnei.

Miss Jane aprovou com um olhar a minha agudeza.

– E de rainha amorosa! – completou.

– Amor em 2228? Ainda haverá semelhante coisa em tempo tão recuado?

– O amor é eterno, senhor Ayrton, e além de eterno invariável. O que Definis sussurrou ao ouvido de Cloé lá nos fundos da Grécia de Longus, sussurraria Miss Elvin a um "gorila pelado" de 2228, se porventura descresse do sabino e aderisse ao *Homo*, como suas companheiras o fizeram.

Pus em Miss Jane os meus olhos de carneiro flechado e suspirei. Seria capaz de "sussurrar" ao meu ouvido uma criatura que assim tão cientificamente falava do amor?

CAPÍTULO XXII

Amor! Amor!

Miss Jane continuou:

– Depois de sua espaventosa adesão ao *Homo*, a líder do Partido Feminino caiu em si. Percebeu que o desvairamento no dia da vitória negra lhe quebrara a soberba linha das belas atitudes e a transformara numa perfeita louca à moda das velhas sufragistas britânicas. E envergonhou-se. Que pensaria dela o presidente Kerlog? Como teria o líder branco, lá no íntimo, recebido aquele arroubo de sinceridade explosiva?

Miss Astor amava Kerlog. A nobre figura do presidente, sua firmeza no governo, sua agilidade de espírito e sua serenidade de força construtiva seduziam-na de modo incoercível. E talvez até que no fundo toda a atuação política de Miss Astor não visasse outro fim além de aproximá-la do líder branco, por emparelhamento num mesmo nível de prestígio social.

– Por que então contrapôs-se a ele nas eleições? – perguntei sapatescamente.

– Porque a linha reta da mulher é sempre torta. Elvinismo, senhor Ayrton!... Matemática, ciência elvinista! 2 + 2 =... *ao que convém*. Mas Miss Astor errava, se acaso se supunha diminuída na opinião de Kerlog. O presidente era *Homo* e, apesar de todos os progressos da eugenia, um *Homo* tão sensível ao contato feminino como... como o senhor Ayrton, por exemplo.

Corei forte. Momentos antes havia eu, sem o querer, está visto, tocado com o meu pé o mimoso pé de Miss Jane, e não pude esconder a corrente elétrica que me percorreu o corpo.

Seria que Miss Jane, sempre tão desentendida, aludia a esse fato? Estava a minha amiga um tanto diferente naquela tarde. Menos impassível que de costume e assim como quem quer e não quer, como quem vai e não vai, como quem diz e não diz. Apesar de toda a minha pouca penetração feminina, eu sentia isso adivinhando nela os primeiros estremecimentos da mulher.

– E já que era assim sensível – continuou a jovem –, o amplexo que no momento do perigo pôs Miss Astor em contato com Kerlog calou fundo nas células presidenciais e impregnou-as disso que os homens chamam desejo.

Tive vontade de perguntar a Miss Jane como as mulheres chamavam isso que os homens chamam desejo – mas me faltou a coragem.

– E daí por diante, sempre que a razão do senhor Kerlog se punha a pesar os prós e os contras relativos a Miss Astor, intervinham as células abraçadas, colocando na concha dos prós a tara da saudade – e lá se ia a frieza da razão do senhor Kerlog. Pobre razão humana! Pobre hoje, pobre em 2228!... E tanto era assim que logo depois da invasão da sala pelas elvinistas arrependidas o senhor Kerlog comentou o fato nestes termos, dirigindo-se ao ministro da Equidade:

– "Miss Astor sempre se apresentou diante de mim envolvida em atitudes belas, não resta dúvida, porque há sempre beleza em todos os seus movimentos – mas atitudes que me chocavam como falsas. Nem uma só vez a vi ao natural. Foi preciso que o desastre sobreviesse e o terror se apossasse de sua alma para que eu conhecesse como sempre desejei conhecê-la: mulher".

E lá consigo recordava a doçura do seu abraço.

Esse abraço ficou. Os dias se foram passando. Veio a Convenção Branca. Veio a dor de cabeça. Veio o omeguismo. Nada apagava das células cervicais do senhor Kerlog a impressão do doce contato.

Certa vez, reunido o ministério, os ministros perceberam que o presidente olhava muito amiúde para o relógio. O assunto em debate era o progresso do desencarapinhamento dos negros, matéria de especial atenção para o chefe de Estado. Especial e demorada – menos naquele dia. Naquele dia o presidente atropelava os seus auxiliares como que desejoso de encerrar mais cedo a reunião.

As informações estatísticas apresentadas pela Dudley Uncurling Company deviam ser bastante favoráveis, a avaliar-se pelo sorriso com que o líder branco as recebera.

– "Estamos no fim", disse ele. "A ciência resolveu de fato o grave problema étnico – e que magistral solução! Em vez de expatriar o negro ou dividir o país..."

– "Desencarapinhá-lo!", completou, piscando o olho, o ministro da Seleção.

Todos se entreolharam com certo ar de velhacaria. O da Equidade disse:

– "O binômio racial passa a monômio. Só o ariano é grande e Dudley é o seu profeta".

Eu cocei a cabeça num gesto muito lá do escritório.

– Mas, então, Miss Jane, a solução é mesmo a que eu adivinhei – a "igualificação" das raças!...

Miss Jane tossiu uma tossezinha de encomenda e desconversou:

– O neologismo está bom, senhor Ayrton. Por mais rica que seja uma língua, a expressão humana tem sempre necessidade de palavras novas. "Igualificação" – muito bem!

Encolhi-me no fundo da minha poltrona.

– Mas – continuou ela – o relógio do senhor Kerlog, consultado pela décima vez, marcava três horas. O presidente ergueu-se e deu por finda a reunião. Os ministros saíram. Na escada disse o da Paz ao da Equidade:

– "Notou a impaciência de Kerlog?"

– "Notei sim. Estava inquieto..."

– "*Cherchez...*"

– "Não é necessário. Se ninguém resiste à ação catalítica de Miss Evelyn, quem lhe resistirá ao contato?"

Riram-se, e lá se foram cada qual para o seu lado.

Não erraram os dois ministros. Logo depois Miss Evelyn Astor parava em frente da Casa Branca e ágil como as deusas – ou as amorosas – subia as escadas.

Foi introduzida incontinênti.

– "Bem-vinda seja a minha formosa rival", disse com o mais amável dos seus sorrisos o presidente flechado.

– "Ex, aliás, presidente Kerlog!", respondeu a encantadora Circe com um sorriso que era outra flecha.

– "Abandona então a política? Não insiste na sua candidatura?"

– "Abandono. Perdi a confiança nos meus nervos. Além disso, mudei de ideia a respeito de um homem..."

– "Fazia mau juízo dele?"

– "Mau não. Errôneo, apenas. Vejo hoje que esse homem está no seu lugar."

– "Obrigado, Miss Astor", exclamou o presidente. "Recebo a sua alta homenagem como ao prêmio dos prêmios."

– "Pague-ma então com outra. Líder que ainda sou de um partido, creio merecer a confiança do líder branco. Não é justo que eu conheça o pensamento íntimo do governo relativo à questão negra?"

O presidente Kerlog sorriu com afetada diplomacia.

– "Segredos de Estado, Miss Astor!..."

– "E já houve algum segredo de Estado que não fosse conhecido das... mulheres de Estado?", retrucou a ex-sabina com vivacidade.

Kerlog, bom esgrimista, tinha fama de pronto nas réplicas.

– "As rainhas, as favoritas de outrora, eram de fato cofres, lindos cofres de segredos. Hoje, porém, que não há mais rainhas nem favoritas, só podem conhecer os segredos de Estado as..."

Parou. Embebeu os olhos nos de Miss Astor. Viu neles o que procurava e concluiu numa gentil mesura:

– "... as presidentas!"

Miss Astor fez ar de desapontada e armou bico de criança a quem negam doce.

– "Quer dizer que só conhecerei tal segredo quando for eleita presidenta..."

Os olhos de ambos encontraram-se de novo e meteram-se pelas respectivas almas adentro. Liam-se os dois amorosos como em livros abertos.

– "Crê então, Miss Astor, que só as eleições fazem presidentas?"

Nova cara de desentendida, novo bico de criança. A coitadinha não percebia coisa nenhuma e foi mister que o líder branco dissesse tudo:

– "Esposa do presidente, presidenta é..."

– Novo olhar... – ia dizendo eu.

Miss Jane atalhou-me:

– Não. Desta vez os olhos ficaram em paz. As mãos de Kerlog é que se estenderam para Miss Astor. As de Miss Astor foram-lhes ao encontro. Uniram-se no eterno gesto das mãos amorosas que se unem – e... o silêncio que diz tudo se fez entre aqueles dois admiráveis tipos de gorilas evoluídos.

A minha amiga parou, a olhar-me muito firme nas mãos, como Kerlog, mas não tive ânimo de declarar-me. A sua superioridade amedrontava-me ainda.

Miss Jane fez uma pausa de alguns segundos – essa pausa de quem espera e não vê chegar. Por fim disse, como que inconscientemente desapontada:

– Quer que continue ou prefere aqui uma linha de reticências?

Eu não queria coisa nenhuma. Eu só queria estender as mãos como Kerlog e embeber meus olhos nos de Jane e ficar assim a vida inteira. Mas os músculos me traíram miseravelmente. "Qual!", pensei furioso comigo mesmo. "Quem nasceu para empregado de Sá, Pato & Cia. não chegará nunca a esposo da filha do professor Benson..."

Miss Jane (pareceu-me) deixou escapar um imperceptível suspiro de despeito e rematou a história do duo presidencial com desinteresse evidente.

– O mais o senhor Ayrton imaginará – disse ela. – O ano 2228 em matéria de amor não se distinguia dos anteriores. O diálogo de Adão e Eva é talvez a coisa única que não sofre grande influência da evolução. Às vezes até involui...

Tocou a campainha.

– Ponha o jantar – disse com certa secura ao criado que apareceu. – E traga uma aspirina.

– Sente alguma coisa? – indaguei com timidez.

– Um fio de dor de cabeça apenas – foi a sua breve resposta.

Que jantar frio e desenxabido aquele! Quando me vi fora do castelo, desabafei.

– És um animal de rabo, senhor Ayrton, e bem mereces o desprezo com que o senhor Sá te trata!...

E furioso dei vários beliscões nos músculos covardes que me falharam o movimento de mãos talvez mais oportuno da minha vida.

– Asno, asno, asno!... – fui-me repetindo pelo caminho todo. – Estúpido éter que não age nem quando interferido por uma interferência tão clara...

A semana que se seguiu foi a mais desastrosa da minha vida. Na segunda-feira briguei com vários amigos, atirei com uma xícara de café à cara de um garçom e cheguei a ir parar na polícia.

Terça-feira pela manhã bebi três garrafas de cerveja e contra todos os meus hábitos fui assim para o escritório. O senhor Sá olhou-me de esguelha por várias vezes. Por fim, notando a má vontade com que eu fazia o serviço, piou:

– Comeu cobra?

Tive ímpetos de mordê-lo. Mas era o patrão e recolhi os dentes. Sá insistiu:

– Comeu cobra, moço?

– Não comi coisa nenhuma. Eu lá como? Quem ama lá come? – respondi de mau modo.

– Hum! – fez ele. – Percebo agora. De há muito venho notando que já não é o mesmo. Não me dá atenção ao serviço, atropela-me tudo. O Pato me disse ontem...

Estourei a boiada.

– Importa-me lá o Pato! O Pato lá diz ontem! Patão choco é o que ele é! Patíbulo... Patíbulo de fraque!...

O assombro do senhor Sá chegou ao auge. Um empregado tratar assim ao comendador Manuel Pereira Pato, sócio da firma, dono de cinco mil apólices, irmão do Santíssimo Sacramento, provedor da Santa Casa... E tamanho foi o seu assombro que o pobre homem engasgou.

Continuei no meu estouro:

– Estou farto, sabe? Isto por cá não passa de uma burrada. Mas a Lei Owen rompe aí qualquer dia e quero ver! E a lei espartana também! E outras leis terríveis, leis de dar cabo do canastro, entende? Seletivas!

O senhor Sá continuava mudo, de boca aberta, num estarrecimento de assustar um homem com menos cerveja no estômago. Olhei para ele firme e senti uma impressão cômica. Disparei na gargalhada.

– Parece o presidente Kerlog quando soube da vitória do Jim! Ah! Ah! Ah!... Não sabe quem é Jim? Sabe nada... Era um líder! O líder negro. Negro descascado. Despigmentado, entende? Omegado! Um bicho! Um...

Não pude continuar. Senti revolução no estômago e ignominiosamente destripei um "mico" de marcar época no austero escritório dos senhores Sá, Pato & Cia.

Não me lembro de mais nada, a não ser que fui posto no olho da rua violentamente.

Amor! Amor! Amor!

CAPÍTULO XXIII

A derrocada de um titã

Mas sarei, e o que me curou foi um filme que andava a empolgar as multidões – A *fera do mar*, por John Barrymore. Havia nele um beijo como nunca no mundo se dera outro igual. Um beijo shakespeariano, um beijo força da natureza.

Eu como de hábito assistia à fita pensando em Miss Jane e ligando todas as cenas ao meu amor. No momento do beijo vi-me a beijá-la e tal foi o meu ímpeto que cravei as unhas numa coisa gorda que pousara no braço da minha poltrona.

– Seu bruto! – berrou uma voz.

Olhei. Uma velha matrona de bigodes e verruga no nariz fulminava-me com os olhos.

Ergui-me numa tontura e saí. O ar frio da noite serenou-me. Errei longo tempo pelas ruas desertas, até que em certo ponto me pilhei a monologar em voz alta:

– Mas não me escapa! Agarro-a e dou-lhe o beijo de John Barrymore! Quero ver onde vai parar aquela impassibilidade de puro espírito. "Interfiro-a" e quero ver...

Quarta, quinta, sexta, sábado... *Uf!*, como custou a chegar o domingo!

Miss Jane recebeu-me com a serenidade antiga, curada já da sua momentânea fraqueza.

– Um pouco pálido, senhor Ayrton! Esteve doente?

– Um fiozinho de nervoso, Miss Jane, mas já passou.

– Aborrecimentos lá na firma com certeza...

– Talvez, Miss Jane. Está-me envenenando este negócio de viver os domingos no ano 2228. Não suporto mais a burrice, a cegueira, a suficiência destes "sapatões" que atravancam o mundo com os seus horríveis fraques internos e externos.

Miss Jane consolou-me.

– Paciência, senhor Ayrton. A vida é cheia de maus pedaços – mas há bons pedaços para os que sabem esperar...

Passei a língua pelos beiços, já agitado.

– Jim Roy por exemplo... – continuou ela.

– Ah, sim, o negro... – gemi com displicência, como quem se recorda de uma coisa muito distante. Naquele momento eu estava muito longe de Jim Roy.

Miss Jane, porém, conseguiu recolocar-me no ano 2228.

– Jim Roy, por exemplo, ia ter o seu bom pedaço. Embora não compreendesse a calma dos brancos e ainda tivesse a tinir na cabeça as cruéis palavras de Kerlog ditas naquele encontro, passou a aceitar como fato consumado o seu triunfo. O perigo passara. O perigo era o choque das duas raças, uma embriagada com a vitória, outra ofendida no seu orgulho. Para isso contribuiu não só o vigor de Kerlog como também o oportunismo da 73ª invenção de John Dudley. Que maravilhoso derivativo! A fúria desencarapinhante dos negros fê-los se esquecerem completamente da política. Datava de três meses a entrada em cena dos abençoados raios Ômega, e pelas estatísticas oficiais 97% da população negra estava já omegada. Mais uma semana, e os últimos postos se fechariam por falta de carapinha a alisar. Que magnífico dividendo iria distribuir a Dudley Uncurling Company!

Até Jim se omegara e o seu aspecto impressionava agora mais do que nunca. Tornara-se um admirável tipo de branco artificial, diverso dos brancos nativos apenas pela grossura dos lábios, saliência zigomática e chateza do nariz.

Jim entretanto não se sentia o mesmo. Diminuíra o seu vigor. Aqueles impulsos ferozes, a violência selvagem que tantas vezes deflagrava em sua alma forçando-o a impor-se a máscara do *self-control*, estavam morrendo nele. Já não era com ardor belicoso que, derramando o olhar da imaginação sobre o rebanho dos cem milhões de negros, sentia em si a possança de um novo Moisés. Cansaço, talvez. No ardor da luta os músculos operam prodígios de resistência. O abatimento só vem depois da vitória. Jim sentia o abatimento da vitória depois de haver gozado até a exasperação o delírio do triunfo.

Ia realizar um ideal. O problema negro da América teria com ele no governo a única solução justa.

– "A América é nossa", monologava. "O branco não quer vida em comum? Dividamo-la. Jim dividirá a América!"

Avaliava muito bem os obstáculos tremendos que haviam de embaraçar a sua ação. Mas com pulso forte saberia quebrar todas as resistências. E que glória para a raça negra caber a ela o gesto decisivo na eterna questão! E que vitória o vê-la atestar ao mundo uma capacidade evolutiva e de realizações igual à do branco! Moço ainda que era, havia de dar-se inteiro à nova república negra e encaminhá-la aos mais gloriosos destinos.

E Jim sonhava o maior sonho que ainda se sonhou no continente.

Na véspera do dia da posse estava ele à noite em sua residência particular, solitário como sempre e imerso como sempre no seu grande sonho, quando alguém bateu.

O líder negro despertou e franziu a testa. Não esperava ninguém, não marcara encontro com pessoa alguma...

– "Está aí um homem branco natural", veio dizer-lhe um criado.

– "Que entre", respondeu Jim, ainda com as rugas do "quem será?" na testa.

Breve pausa. Súbito, a porta do gabinete abre-se e...

– "O presidente Kerlog!", exclamou Jim, surpreso da inesperada visita.

O líder branco, pálido como no dia da Convenção, entrou. Aproximou-se vagarosamente do líder negro e pôs-lhe a mão sobre o ombro num gesto de piedade comovida.

– "Sim, o presidente Kerlog, o branco que vem assassinar-te, Jim..."

Aquelas estranhas palavras desnortearam o líder negro, cujos sobrolhos se franziram interrogativamente. Por mais esforço que fizesse não penetrava o sentido da estranha saudação. Mas sorriu e disse:

– "A raça branca não poderia prestar maior homenagem à raça negra do que elegendo para carrasco de Jim Roy tão nobre chefe. Que arma escolhe para a missão que traz, presidente Kerlog? Veneno dos Borgias ou lâmina de aço?"

O tom faceto de Jim Roy não desanuviou o ar sinistro do líder branco, antes o fez ainda mais doloroso.

– "Minha linguagem não é figurada, Jim. Venho de fato assassinar-te, repito."

Jim continuou a sorrir.

– "E eu repito: com o punhal de Brutus ou com o veneno dos Borgias?"

Kerlog encarou-o com infinita piedade e disse:

– "Arma pior, Jim. Trago na boca a palavra que mata..."

O sorriso que pairava nos lábios do negro começou a desaparecer.

– "Ninguém admira mais", prosseguiu Kerlog, "ninguém respeita mais o líder negro do que eu. Ouso até afirmar que dentro da América branca só eu o justifico e compreendo de maneira absoluta. Vejo nele um avatar de Lincoln, o sonhador de um sonho imenso de justiça. O homem que há em Kerlog rende ao homem que há em Jim Roy todas as homenagens. Mas o branco que há em Kerlog vem friamente assassinar com a palavra que mata o negro que há em Jim Roy..."

Tonto pelo imprevisto rumo que ia tomando o duelo, o líder negro nada replicou. Limitou-se a verrumar com os olhos o seu antagonista como para extorquir-lhe o pensamento oculto. A pausa que se fez foi lúgubre. Mas Jim logo readquiriu a sua habitual fineza e disse com ironia dolorosa:

– "Não creio que o presidente Kerlog possua a palavra que mata. O peito de Jim tem couraças por dentro. Quatro séculos de martírio nas torturas físicas da escravidão e nas torturas morais do pária enfibram a alma de quem resume cem milhões de irmãos. O peito de Jim traz couraças de rinoceronte por dentro. Couraças à prova das palavras que matam..."

– "Trazia...", emendou mansamente o líder louro. "O Jim de hoje não é mais o titã que o presidente Kerlog recebeu na Casa Branca. Quando o corisco fulmina a sequoia, a árvore solitária continua de pé, porém outra."

O negro pressentiu a verdade daquilo. Recordou-se de que já não era o mesmo. Mas como Kerlog o adivinhava? Como penetrava assim no seu imo? Ele não confessara a ninguém a "subitânea" queda da sua força vital, e nada a definia melhor do que a imagem do líder branco: árvore siderada onde a seiva já não circula...

Jim, entretanto, reagiu; retesou-se de todas as suas energias em declínio e disse com glacial firmeza:

– "Não importa, presidente Kerlog. A Casa Branca restituirá amanhã a Jim Roy a força que o cansaço da vitória lhe roubou".

Kerlog passou a mão sobre o ombro do líder negro e disse com profunda piedade:

– "Não subirás os degraus da Casa Branca, Jim..."

O negro deu um salto de pantera acuada e explodiu:

– "Por quê? Acaso conspiram os brancos contra a Constituição? Querem o crime?"

Seu peito arfava.

– "Nada disso", retrucou suavemente Kerlog. "Não penetrarás na Casa Branca porque lá não cabe Sansão de cabelos cortados. Tua presidência seria inútil. Tudo é inútil quando o futuro já não existe..."

O tom misterioso de Kerlog impacientava o negro, que sentia algo de terrível prestes a revelar-se.

– "Diga tudo, presidente Kerlog, diga essa palavra que mata!", gritou ele irritado.

O líder branco deixou cair novas palavras de mistério e tortura, cortantes como o fio das navalhas.

– "Tua raça foi vítima do que chamarás a traição do branco e do que chamarei as razões do branco."

O negro esboçou um ríctus de ódio.

– "Traição!... E é o presidente Kerlog quem justifica a traição!..."

– "Não justifico, Jim, consigno-a. Não há traição quando a senha é vencer."

Jim sorriu com desprezo.

– "A moral branca..."

– "Não há moral entre raças, como não há moral entre povos. Há vitória ou derrota. Tua raça morreu, Jim..."

O negro imobilizou-se. Suas narinas entraram a aflar. Suas feições se decompunham horrorosamente.

– "Tua raça morreu, Jim", repetiu Kerlog. "Com a frieza implacável do Sangue que nada vê acima de si, o branco pôs um ponto final no negro da América."

Jim quedou-se um instante imóvel, como que adivinhando.

– "Os raios Ômega!", exclamou afinal num clarão, agarrando os braços de Kerlog com os dedos crispados.

– "Sim", confirmou Kerlog. "Os raios de John Dudley possuem virtude dupla... Ao mesmo tempo que alisam os cabelos..."

Os olhos de Jim saltaram das órbitas. Seu transtorno de feições era tamanho que o líder branco vacilou de piedade. A raça cruel, porém, reagiu nele. E surda, quase imperceptível, aflorou em seus lábios a palavra fatal:

– "... esterilizam o homem".

Nem Shakespeare descreveria o aspecto do líder negro no momento em que a palavra assassina lhe despedaçou o coração. Um terremoto d'alma aluiu por terra o titã. Fê-lo tombar sobre a poltrona, com esgares de idiota, encolhido como a criança inerme que vê serpente. Breves crispações de músculos passearam-lhe pelas faces. Dobrou o corpo sobre a secretária. Imobilizou-se.

O líder branco aproximou-se daquela massa de titã extinto, afagou-lhe a pobre cabeça omegada e disse com voz rompida de soluços:

– "Perdoa-me, Jim..."

CAPÍTULO XXIV

Crepúsculo

O inesperado desenlace do drama negro da América deixou-me tonto por vários minutos. Depois que voltei ao normal Miss Jane prosseguiu:

– No dia seguinte a essa noite trágica devia realizar-se a posse do 88º presidente americano, James Roy Wilde, vulgarmente Jim Roy, negro de raça pura nascido em Sonora aos 23 de abril de 2188, doutor em Ciências de Governo pela Escola Técnica de Direção Social, despigmentado em 2201 e omegado vinte dias depois da vitória nas urnas.

Líder inconteste da raça negra, para a qual sonhava um destino altíssimo, merecia ainda dos brancos um respeito semelhante ao que na velha Roma o patriciado conferia aos libertos de excepcional valor. Era Jim um liberto do pigmento.

O choque das raças fora prevenido, o que valeu por nova vitória da eugenia. A sociedade, livre de tarados, viu-se no momento do embate isenta dos perturbadores ao molde dos retóricos e fanáticos cujas palavras outrora impeliam as multidões aos piores crimes coletivos. A exasperação branca do primeiro momento breve desapareceu. O bom senso tomou pé e o ariano pôde filosofar com a necessária calma. A opinião corrente admitia não passar a vitória negra de um curioso incidente na vida americana. Oriunda de cisão sexual do grupo ariano, fora golpeada de morte no próprio dia das eleições pela adesão das sabinas ao *Homo*. O próximo pleito restabeleceria o ritmo quebrado e do incidente nada restaria no futuro além de um pouco mais de pitoresco na história da América – qualquer coisa como na série dos papas o pontificado da papisa Joana.

A serenidade dos brancos reforçava-se ainda na confiança que todos depositavam em seus líderes reunidos em convenção. Embora se ignorasse o que os chefes natos haviam decidido no concílio secreto, nem por sombras ninguém admitia que a ideia lá vencedora não fosse a mais eficiente e justa do ponto de vista racial.

Do outro lado os negros, passada a crise de entusiasmo do primeiro momento e dada a fé que lhes merecia Jim Roy, entraram mais a gozar as delícias do "omeguismo" do que a deslumbrar-se com uma vitória política evidentemente precária. E assim a mais inesperada surpresa da vida americana não trouxe nenhuma das calamidades públicas que fatalmente acarretaria no passado – no tempo em que o desprezo da seleção humana deixava a sociedade encher-se de perigosíssimos bubões infecciosos.

Na véspera da posse de Jim, por precaução contra qualquer violência, Kerlog, de combinação com Abbot, fez irradiar a notícia do novo brinquedo inventado por esse encantador das crianças. Tratava-se de uma nova bonequinha que sabia dançar o tango da moda com perfeição de maravilhar a gente grande e mergulhar em êxtases de sonhos a criançada.

A criança tinha na América de 2228 uma importância capital. Toda a vida do país girava-lhe em torno. Era a criança, além do encanto do presente, o futuro plasmável como a cera. Os maiores gênios da raça se consagravam a estudá-la, para com tão dúctil matéria-prima irem esculpindo a obra única que apaixonava o americano – o Amanhã. E a tal grau chegou a afinação da Puericultura Estética, a sublime arte definida por John Leland, que uma imaginativa de hoje, desta época em que o homem, absorvido nos horrorres da luta pelo pão, quase *ignora* a existência da criança, nem de leve pode apreender o que significava em 2228 a Realeza do Baby. Realeza sim, como foi na velha França a dos últimos Luíses divinizados. Em vez, porém, de toda a vida da nação revolutear em roda de um paxá como Luís XIV, girava em torno da Aurora Humana. Sua Majestade Baby era o Luís XIV do século.

Em virtude disso é que o governo americano combinou com o senhor Abbot o lançamento da nova boneca nas vésperas da posse de Jim, como o melhor meio de prevenir a explosão de qualquer resíduo antissocial ainda subsistente na alma americana. E foi assim que o dia da posse chegou sem prenúncios da menor tormenta.

Súbito, porém, às primeiras horas da manhã, o rádio encheu a América de uma nova sensacional: Jim Roy amanhecera morto em seu gabinete de trabalho!

Violentíssimo foi o abalo público, dada a coincidência de sobrevir essa morte justamente no dia da posse do presidente eleito. Os negros viram nisso um golpe de força dos brancos, e estes ficaram em suspenso, na dúvida se seria um deliberado ato de violência resolvido pelos convencionais ou uma das muitas surpresas de que é fértil o acaso. Chegou a haver por parte dos negros um instintivo movimento de revolta. Implantou-se-lhes nos cérebros a convicção do crime, e a velha selvageria racial rajou de sangue os olhos da pantera. Foi passageiro, entretanto, o assomo. Aquela quebreira vital que Roy havia percebido em si ganhara também toda a massa negra. O fatalismo ancestral sobrepairou à raiva e o imenso corpo sem cabeça, num recuo de instinto, repôs-se no lugar humilde de onde o tirara a vitória de Roy.

A rã a que o vivisseccionista extrai o cérebro passa a viver uma vida muscular cujos movimentos são apenas reflexos. Assim a população negra americana a partir do momento em que a morte de Jim Roy lhe arrancou o encéfalo. Agitava-se ainda, vivia – mas perdera o órgão coordenador de movimentos para fins definidos.

O segredo quanto à ação esterilizadora dos raios Ômega conservava-se absoluto. Além do ministério, dos técnicos do Estado, de John Dudley e de Miss Astor, já esposa do presidente Kerlog, ninguém mais o conhecia. Dos negros um só tivera a sua revelação, Jim Roy, mas levara-o consigo para o forno crematório.

Procederam-se a novas eleições e foi reeleito Kerlog por cem milhões de votos. Normalizou-se a vida da América. Sua Majestade Baby reentrou no monopólio de toda a atenção, por um instante desviada pelo choque das raças.

Um fato entretanto fez-se notado. Meses depois do aparecimento dos raios Ômega o índice da natalidade negra caiu de chofre. Março, precisamente o nono mês a datar da abertura dos primeiros postos desencarapinhantes, acusava uma queda de 30%. Esta porcentagem subiu ao dobro em abril e chegou a 97% em maio. Em junho as estatísticas só registravam 122 negrinhos novos.

Em agosto fechavam-se os postos e a Dudley Uncurling Company distribuía o seu dividendo.

Tornou-se impossível guardar por mais tempo aquele segredo de Estado – e nem havia razões para isso. O fato caiu no domínio público por meio de uma mensagem irradiada pelo presidente Kerlog, o documento que até hoje, na vida da humanidade, mais fundo calou na alma do homem. Dizia essa peça, para sempre memorável:

"O governo americano vem dar conta ao povo do golpe de força a que foi arrastado em cumprimento da suprema deliberação dos chefes da raça branca, reunidos em palácio no dia 7 de maio de 2228. Foi aprovada nessa assembleia a moção Lelend, resumida nestas palavras:

'*A convenção da raça branca decide alterar a Lei Owen no sentido de incluir entre as taras que implicam a esterilização o pigmento negro camuflado... A raça branca autoriza o governo americano a lançar mão dos recursos que julgar convenientes para a execução desta sentença suprema e inapelável*'.

Assim autorizado, o governo procurou agir de modo a evitar perturbações na vida nacional: estava em estudos da matéria quando John Dudley apareceu com a revelação da virtude dupla dos raios Ômega. Adotado esse maravilhoso processo, operou-se a esterilização dos homens pigmentados pelo único meio talvez em condições de não acarretar para o país um desastre. O problema negro da América está pois resolvido da melhor forma para a raça superior, detentora do cetro supremo da realeza humana".

Nem a notícia da vitória eleitoral de Roy, nem a revelação dos raios Ômega, nem a nova da morte do negro causaram tão profunda impressão como a fria mensagem do presidente reeleito.

Brancos e pretos a receberam com igual assombro – seguido logo de uma sensação de alívio por parte dos primeiros e de uma sensação nova na terra por parte dos segundos.

Pela primeira vez na vida dos povos realizava-se uma operação cirúrgica de tamanha envergadura. O frio bisturi de um grupo humano fizera a ablação do futuro de um outro grupo de 108 milhões sem que o paciente nada percebesse. A raça branca, afeita a guerra como a *ultima ratio* da sua majestade, desviava-se da velha trilha e impunha um manso ponto final étnico ao grupo que a ajudara a criar a América, mas com o qual não mais podia viver em comum. Tinha-o como obstáculo ao ideal da Supercivilização ariana que naquele território começava a desabrochar, e pois não iria render-se a fraquezas de sentimento, nocivas à esplendorosa florescência do homem branco.

A raça ferida na fonte vital pendeu sobre o peito a cabeça, como a planta a que o podador estrangula a circulação da seiva. Ia passar. Estéril como a pedra, iria extinguir-se num crepúsculo indolor, mas de trágica melancolia.

E passou...

Decênios mais tarde, no maravilhoso jardim americano onde só abrolhavam camélias de pétalas levemente acobreadas pela força misteriosa do geoambiente, erguia-se, ao alto do monumento de gratidão erigido pelo sócio branco em homenagem ao sócio negro, o busto do velhinho mágico que em 2228 curara a dor de cabeça histórica do 87º presidente...

CAPÍTULO XXV

O beijo de Barrymore

O desfecho do drama racial da América comoveu-me profundamente.

Não ter futuro, acabar... Que torturante a sensação dessa massa de cem milhões de criaturas assim amputadas do seu porvir!

Por outro lado, que maravilhoso surto não ia ter na América o homem branco, a expandir-se libérrimo na sua Canaã prodigiosa!

Se somos, se existimos, se apesar de todos os males da vida tanto a ela nos apegamos, é que no íntimo do nosso ser a voz da persistência da espécie nos ampara. A meio da vida de cada criatura já é a prole o que lhe dá coragem de a viver até o fim. O celibatário, ser que vale por triste ponto final, sente-se um corpo estranho no tumulto biológico – quase um amaldiçoado. Que dizer de um povo inteiro assim amputado da sua descendência? A ver-se envelhecer sem um choro de criança que o faça pensar no amanhã? Dia final. Dia já em crepúsculo rápido para uma noite eterna...

Fosse eu um filósofo e teria ali matéria para esmoer o cérebro no imaginar e reimaginar a infinita maravilha do formidando quadro. Mas não era filósofo. Quem ama não filosofa, apenas suspira – e eu suspirava de comover penedos.

– Jane, Jane, Jane!... – como se repetia em minha boca febrenta essa palavra e com que êxtase meus ouvidos a ouviam!

Lembrei-me do romance. Senti que era talvez o caminho mais curto para alcançar o coração da filha do professor Benson. Lancei-me a ele. Comprei uma resma de papel e com furiosa sofreguidão fiz e refiz o primeiro capítulo, entusiasmado com os períodos redondos e cantantes que me saíam da pena. Burilei-o qual um soneto, aprimorei-o de todos os arrebiques da forma, orientado por modelos que me pareceram os melhores. E nunca me hei de esquecer da ânsia com que corri ao castelo com a minha obra em punho! Ia pelo caminho prelibando a surpresa de Miss Jane ante aquela forte revelação de um gênio literário que morreria latente se esse meu anjo bom lhe não provocasse o surto.

Encontrei-a na varanda, radiosa na formosura avivada pelo ar fino da manhã. Sem saudá-la, fui logo gritando de longe, com infantil alegria:

– Já fiz o primeiro, Miss Jane! O primeiro capítulo! E estou ansioso por ouvir a sua opinião...

– Bravos! – exclamou ela. – Não esperei que tão rapidamente pusesse mãos à obra.

Abri o meu pacote de tiras em belo cursivo e entreguei-lhas como quem à sua dama entrega a mais preciosa das gemas. Impossível que após sua leitura Miss Jane não me desse o seu amor.

Vendo a minha sofreguidão, ali mesmo a jovem as leu, enquanto meus olhos ávidos acompanhavam em seu rosto o efeito da narrativa.

Mas, ai de mim, tudo saiu bem ao contrário do esperado... Miss Jane atenuou quanto pôde a sua crítica, delicada e gentil que era; mas não logrou impedir que de volta à cidade eu rasgasse em mil pedaços a minha obra-prima e pela janelinha do vagão, melancolicamente, os lançasse ao vento. Azedei a semana inteira e no próximo domingo reapareci no castelo de mãos vazias.

– Não refez então o capítulo? – indagou ela logo que entrei.

– Oh, não, Miss Jane. Suas palavras abriram-me os olhos. Convenci-me de que não possuo qualidades literárias e não quero insistir – retruquei com ar ressentido.

– Pois tem que insistir – foi a sua resposta. – Em nome da nossa amizade o exijo, e pelas qualidades que vi em germe no seu primeiro escrito tenho a certeza de que fará a obra como é mister.

– Confesso, Miss Jane, que a sua apreciação do último domingo me desalentou e ainda permaneço sob essa impressão...

– Que vaidosos os moços! Lembre-se de meu pai. Quantas vezes fazia e refazia a mesma experiência, com uma paciência de beneditino! Por isso venceu. Lembre-se do esforço incessante de Flaubert para atingir a luminosa clareza que só a sábia simplicidade dá. A ênfase, o empolado, o enfeite, o contorcido, o rebuscamento de expressões, tudo isso nada tem com a arte de escrever, porque é artifício e o artifício é a cuscuta da arte. Puros maneirismos que em nada contribuem para o fim supremo: a clara e fácil expressão da ideia.

– Sim, Miss Jane, mas sem isso fico sem estilo...

Que finura de sorriso temperado de meiguice aflorou nos lábios da minha amiga!

– Estilo o senhor Ayrton só o terá quando perder em absoluto a preocupação de ter estilo. Que é estilo, afinal?

– Estilo é... – ia eu responder de pronto, mas logo engasguei, e assim ficaria se ela muito naturalmente não mo definisse de gentil maneira.

– ... é o modo de ser de cada um. Estilo é como o rosto: cada qual possui o que Deus lhe deu. Procurar ter um certo estilo vale tanto como procurar ter uma certa cara. Sai máscara fatalmente – essa horrível coisa que é a máscara...

– Mas o meu modo natural de ser não tem encantos, Miss Jane, é bruto, grosseiro, inábil, ingênuo. Quer então que escreva desta maneira?

– Pois certamente! Seja como é, e tudo quanto lhe parece defeito surgirá como qualidades, visto que será reflexo da coisa única que tem valor num artista – a personalidade.

Refleti comigo uns instantes e disse por fim:

– Está bem, Miss Jane. Vou tentar mais uma vez. Vou escrever como sair, sem preocupação de espécie nenhuma – nem de gramática, e verá que horror...

– Isso! – exclamou ela encantada. – Acertou. Isso é que é escrever bem. Refaça o primeiro capítulo com esse critério e traga-mo no próximo domingo. Serei franca como o fui na tentativa anterior, e se me parecer que de fato não tem as qualidades precisas, di-lo-ei francamente e não pensaremos mais nisso.

De regresso ao meu quartinho humilde nessa mesma noite dei começo à obra. O meu amuo, consequente à vaidade literária ofendida, ainda não passara de todo, e resolvi escrever mal, de um jato, com a intenção deliberada de desapontar Miss Jane. Ela me condenaria a segunda tentativa, púnhamos um ponto final na literatura e passaríamos a cuidar de outra coisa. Escrevi até a madrugada, sem rasuras, sem escolha de palavras, como se estivesse a correr no meu saudoso Ford ao acaso das estradas sem fim. Ao soarem três horas atirei com a caneta e fui dormir o sono mais pesado da minha vida. No dia seguinte fui vê-la.

– Aqui está, Miss Jane, o horror que me saiu da pena. Escrevi de acordo com a sua receita e nem coragem tive de reler. Condene-me de uma vez e passemos a cuidar de outra coisa.

Miss Jane tomou as tiras e logo ao fim da primeira abriu a expressão que na tentativa anterior eu tanto ansiava por ver. E nesse estado de êxtase sôfrego permaneceu até o fim.

– Ótimo! – exclamou. – O senhor Ayrton acaba de revelar-se um verdadeiro escritor – impetuoso, irregular, incorreto, ingênuo, mas expressivo, original e forte. Há aqui verdadeiros achados de expressão. Faça o livro inteiro neste tom que eu lhe garanto a vitória.

Olhei para a minha amiga quase com rancor, tão certo estava eu da ironia de suas palavras.

– Tem coragem de ser assim impiedosa com o pobre Ayrton? – murmurei em tom magoado.

Ela olhou-me nos olhos fixamente, sem dizer palavra, e nos seus lindos olhos azuis vi refletida com tamanha nitidez a pureza de sua alma que logo me envergonhei do meu ímpeto, filho exclusivo da ignorância.

– Não, meu amigo! – disse-me por fim. – Sou incapaz de ironia. O que acabo de dizer é a fiel expressão do meu pensamento. Estas páginas estão cheias de defeitos, mas dos defeitos naturais ao primeiro jato de toda obra sincera e espontânea. São as rebarbas que com a lima o fundidor suprime. Mas se noto defeitos que a lima tira, não noto nenhum vício literário, e por isso considero ótimo o começo do seu romance. Faça-o todo nesse tom e fará a obra que imagino. O trabalho de rebarba deixe-o comigo. Sou mulher e paciente. Deixe-me o menos e faça o mais. Seja o fundidor apenas, o obreiro que cria o grande bloco e não perde tempo com detalhes subalternos.

Calaram fundo no meu coração aquelas palavras. Vi nelas um interesse mais de amorosa do que de simples amiga – de amorosa que o é sem o saber. Imergida que sempre vivera em suas visões do futuro, e sempre presa da mais intensa atividade cerebral, Miss Jane ignorava-se.

Olhei-a com o coração nos olhos. O "puro espírito" viu em mim a taça cheia em excesso cuja espuma se derrama – e perturbou-se. Seus olhos baixaram-se. Seu peito ofegou.

Era o céu. Atirei-me como quem se atira à vida, e esmaguei-lhe nos lábios o beijo sem fim de John Barrymore. E qual o raio que acende em chamas o tronco impassível, meu beijo arrancou da gelada filha do professor Benson a ardente mulher que eu sonhara.

– Minha, afinal!...

Bibliografia selecionada sobre Monteiro Lobato

De Jeca a Macunaíma: Monteiro Lobato e o modernismo, de Vasda Bonafini Landers. Editora Civilização Brasileira, 1988.

Juca e Joyce: memórias da neta de Monteiro Lobato, de Marcia Camargos. Editora Moderna, 2007.

Monteiro Lobato: intelectual, empresário, editor, de Alice M. Koshiyama. Edusp, 2006.

Monteiro Lobato: furacão na Botocúndia, de Carmen Lucia de Azevedo, Marcia Camargos e Vladimir Sacchetta. Editora Senac São Paulo, 1997.

Monteiro Lobato: vida e obra, de Edgard Cavalheiro. Companhia Editora Nacional, 1956.

Monteiro Lobato: um brasileiro sob medida, de Marisa Lajolo. Editora Moderna, 2000.

Na trilha do Jeca: Monteiro Lobato e a formação do campo literário no Brasil, de Enio Passiani. Editora da Universidade do Sagrado Coração/Associação Nacional de Pós-Graduação em Ciências Sociais, 2003.

Novos estudos sobre Monteiro Lobato, de Cassiano Nunes. Editora Universidade de Brasília, 1998.

Revista do Brasil: um diagnóstico para a (n)ação, de Tania Regina de Luca. Editora da Unesp, 1999.

Um Jeca nas vernissages, de Tadeu Chiarelli. Edusp, 1995.

Vozes do tempo de Lobato, de Paulo Dantas (org.). Traço Editora, 1982.

Sítio eletrônico na internet: www.lobato.com.br
(mantido pelos herdeiros do escritor)

Este livro, composto nas fontes Electra LH, Rotis e Filosofia,
foi impresso em papel pólen soft 80 g/m² na Yangraf.
São Paulo, Brasil, janeiro de 2012.

Conferênci
Georgismo e Comu
América
eratura do Minarete
Crônicas
urupê
deias de Jeca Tatu
Mr. Slang
Problema
Zé Brasil
Crônicas
Pererê: Resultado de um
Cart
A Onda Verde
Miscelâne
Ferro
O Presidente N
Opiniões
Na Antevésp
Voto Secreto
Fragmento
Jeca Tatu
Prefácio
A Barca de Gleyr
Macaco que se fez Homem
imposto únic
NEGRINHA
Entrevistas
Cartas Escolh
Cartas de Amo
alo do Petróleo